Peter Mayle
Das Leben ist nicht fair

Peter Mayle

Das Leben ist nicht fair

Erkenntnisse
eines provenzalischen Hundes

Aus dem Englischen von Klaus Fröba
Mit Zeichnungen von Edward Koren

Droemer Knaur

Originaltitel: A Dog's Life
Originalverlag: Alfred A. Knopf

Die Deutsche Bibliothek – CIP-Einheitsaufnahme

Mayle, Peter:
Das Leben ist nicht fair : Erkenntnisse eines
provenzalischen Hundes / Peter Mayle.
Aus dem Engl. von Klaus Fröba.
München : Droemer Knaur, 1995
ISBN 3-426-19374-4

Dieses Buch wurde auf chlor- und
säurefreiem Papier gedruckt.

Umschlaggestaltung: Agentur ZERO, München,
unter Verwendung einer Zeichnung von Edward Koren
Satz: Franzis Druck GmbH, München
Druck und Bindung: Ebner Ulm
Printed in Germany
ISBN 3-426-19374-4

5 4 3 2 1

Für Jean-Claude Ageneau, Dominique
Roizard und Jonathan Turetsky –
wahre Perlen in der Zunft der Veterinäre

Was der Autor noch sagen wollte

Meine Geschichte beruht auf wahren Erlebnissen. Dennoch habe ich, dem Strickmuster folgend, das Politiker bei ihren Memoiren bevorzugen, der Wahrheit überall da ein wenig nachgeholfen, wo sie dazu angetan gewesen wäre, mich selbst in einem ungünstigen Licht erscheinen zu lassen.

Inhalt

Des Schicksals Walten, der Ruhm, Proust und ich

Das Leben ist nicht fair, wie wir alle wissen – und schön ist es auch. Wäre alles nach Plan verlaufen, dann läge ich heute noch vor einem Bauernhaus im öden Nirgendwo an der Kette, Schmalhans wäre Küchenmeister, und mir bliebe nur, den Wind anzubellen. Glücklicherweise sind aber manche unter uns vom Schicksal dazu auserkoren, die bescheidenen Verhältnisse der frühen Jahre zu überwinden und sich in einer Welt zu behaupten, in der einer dem anderen den Rang streitig macht. Lassie fällt einem da zum Beispiel ein – und jene Handvoll Hund, die ihr ganzes Leben damit zu verbringen scheint, mit widernatürlich schiefgelegtem Kopf einem uralten Grammophon zu lauschen. Tauschen möchte ich nicht mit ihm, ich vermute aber, daß man als Terrier keine übertrieben hohen Ansprüche stellen darf. Lauter kläffende kleine Scheusale mit begrenzter Intelligenz, nach meinen Erfahrungen.

Unter dem Ansturm meiner Erinnerungen sollte ich eigentlich sofort anfangen, meinen Weg nach oben detailliert zu beschreiben – von meiner Geburt an bis zu dem Ruhm, den ich gegenwärtig genieße, nicht zu vergessen die schweren Tage, die hinter mir liegen, die Monate in der Einöde, ständig auf der Suche nach einem

11

Alles fing mit einem Zufall an

Dach über dem Kopf, die Begegnungen mit mancherlei
schrägen Vögeln, die Meilensteine und Wendepunkte
meines Lebens, und so weiter. Doch lassen wir all das
fürs erste beiseite und widmen uns einem Thema von
fundamentalerer Bedeutung: meinem Aufstieg in die
Kreise der Prominenz und meinem Entschluß, die mir
erwachsenen Ein- und Ansichten in gedruckter Form
zur Kenntnis zu bringen.
Alles fing, wie das in solchen Fällen häufig vorkommt,
mit einem Zufall an. Ein Fotograf war uns ins Haus ge-
schneit; ich wette, er war unter dem Vorwand, künstlerische Studien am Lavendelfeld machen zu wollen, auf einen kostenlosen Drink aus. Ich nahm, abgesehen von
beiläufigem Beschnüffeln, nicht groß Notiz von ihm, er
hingegen legte die Augengläser ab und schoß ein paar
unzeremonielle Porträtstudien. Ich weiß noch, er hat

Danach riß es nicht mehr ab

mich als Schattenriß aufgenommen, gegen die Sonne – *contre-jour*, wie wir in Frankreich sagen –, und ich hörte ihn irgendwas von edler Naturverbundenheit murmeln, als ich kurz haltmachte, um eine Geranie zu wässern.

Zu jener Zeit habe ich mir nicht viel dabei gedacht. Einige von uns sind eben fotogen, andere sind's nicht. Aber ein paar Wochen später prangte mein Konterfei in einer Illustrierten. Schön in Farbe, mit gesträubtem Schnurrhaar und steilgestelltem Schwanz – das leibhaftige Ebenbild eines zuverlässigen Wachhunds. Und da heißt es immer, daß die Kamera nie lügt. Dummes Gerede.

Danach riß es nicht mehr ab. Andere Magazine – jedenfalls die, die für sich in Anspruch nehmen, den richtigen Blick für aufsteigende Stars zu haben – schickten jemanden los, der mir seine Aufwartung machen sollte. Zeitungsreporter, Fernsehteams, Bewunderer unterschiedlichster Provenienz von nah und fern, unter anderem ein Pärchen, hinter dessen rätselhaftem Getue sich nichts anderes verbarg als die Absicht, die Gelegenheit beim Schopfe zu packen und einen Posten Hundefutter zu verkaufen. Alle, alle ließen sich plötzlich bei uns blicken, und ich tat mein Bestes, um sie nicht zu enttäuschen. Und dann kam stapelweise Post.

Ich weiß nicht, ob Sie je einen Brief von einem wildfremden Menschen erhalten haben, der sich nach Ihren persönlichen Angewohnheiten erkundigt. Bei mir müssen es Hunderte gewesen sein, und einige davon waren überdies ziemlich impertinent. In einem wurde mir sogar Safer Sex mit einer Rottweilerlady offeriert (nichts zu machen, wenn Sie mich fragen, nicht bei solchen Kauwerkzeugen). Wie auch immer, schon bald konnte es keinem Zweifel mehr unterliegen, daß die Welt eine Botschaft von mir erwartete. Eine Sammlung meiner Prinzipien möglicherweise. Oder eines der heutzutage so beliebten Bücher zur Lebenshilfe. Ich erwog die Frage in meinem Herzen.

Nun trifft es sich aber, daß ich im Laufe der Jahre eine heimliche Schwäche für Proust entwickelt habe. Für meinen Geschmack neigt er zwar ein bißchen zur Weitschweifigkeit, dessenungeachtet haben wir aber manche charakteristische Gemeinsamkeiten. Beide Franzosen, versteht sich. Beide mit einem ausgeprägten Hang zur Nachdenklichkeit. Beide leidenschaftlich versessen auf Biskuits – Madeleines für ihn, die mit Kalzium angereicherte, wie kleine Knochen geformte, extra knusprige Sorte für mich. Und so dachte ich bei mir: Wenn er der Welt seine Meinung über das Leben, die Liebe, seine Mutter, Teatime-Gepflogenheiten und die Jagd nach

Die hohe Literatur lockt

dem Glück mitteilen kann, warum sollte ich's dann
nicht auch können? Wobei ich mich allerdings an meine Mutter nicht besonders gut erinnere, weil sie mich,
kurz nachdem ich das Licht der Welt erblickt hatte, verließ. Und die zwölf anderen auch. Durstige Tage waren
mir seinerzeit beschieden, und meine Zweifel am sogenannten mütterlichen Instinkt wollten seither nie
schwinden.
Aber ich schweife ab. Die hohe Literatur lockt, ich muß
mir Mühe geben, meine Gedanken zu ordnen. Feinfüh-
lige Leser mögen sich vielleicht an gewissen Passagen
stören, in denen ich mich mit Babys beschäftige, mit Katzen, Hygiene, Pudeln und Tierärzten, die nicht davon
lassen wollen, unsereinem die Temperatur nach alther-
gebrachter Methode zu messen. Ich vermag indessen
keinen Anlaß zu sehen, mich dafür zu entschuldigen,
daß ich auch bei solchen thematischen Randgebieten

meine Meinung freimütig äußere. Welchen Nutz und Frommen hätten denn Tagebücher wie dieses überhaupt, wenn sie nicht auch die Fehler und Schwächen des Autors enthüllen würden?

Düstere Aussichten

Entschieden zu viele waren am Tage meiner Geburt dabei, und ich hatte nicht einen von ihnen eingeladen. Ich vermochte sie zunächst nicht zu sehen, weil es ein paar Tage dauert, bis sich die Augen öffnen wollen, aber sie ließen mich ihre Gegenwart unmißverständlich spüren. Versuchen Sie mal, mit einem Fußballteam zu frühstücken, bei dem alle mit Zähnen und Klauen um dasselbe Stück Toast rangeln, dann ahnen Sie, was ich durchgemacht habe. Ein Höllenlärm, jeder gegen jeden, Schulterschieben überall – und zum Teufel mit den Tischmanieren. Jung, wie ich war, konnte ich mir nicht vorstellen, daß mir daraus – abgesehen von ein paar Rippenstößen und ständigem Gerangel bei den Mahlzeiten – irgendwelche Probleme erwachsen würden. Aber da lag ich gründlich schief.

Wir waren alles in allem dreizehn, und an der mütterlichen Brust standen Zapfhähnchen nun mal nur in begrenzter Zahl zur Verfügung. Das Ärgerliche war, daß alles ganz überraschend auf meine arme Mutter eingestürmt war, erst mein Vater hinter dem Stall, dann der Umstand, daß wir in so großer Zahl erschienen, obwohl sie doch von der Natur lediglich dafür ausgerüstet war, jeweils ein halbes Dutzend gleichzeitig zu versorgen. Was kompromißlos dazu zwang, die Mahlzeiten auf getrennte Sitzungen zu verteilen, alle paar Stunden eine.

Rückblickend betrachtet, wundert es mich nicht, daß sie ständig über Kopfschmerzen geklagt hat.

Heutzutage hört man allen möglichen Unsinn über die bedauernswerte Situation des Einzelkindes. Unentwegt reden die Leute von Einsamkeit, dem Mangel an geschwisterlicher Nestwärme, zuviel einseitiger Zuwendung durch die Eltern, still und abgeschieden gelöffeltem Brei – und was sonst noch so alles dahergeplappert wird. In meinen Ohren hört sich das nach dem Himmel auf Erden an. Nach dem siebten Himmel. Tausendmal besser, als jeden Tag über zehn Runden gegen ein Dutzend Gegner anzutreten, die, während einem selber der Hunger im Gedärm nagt, von krankhaften Milchgelüsten befallen werden. So was zermürbt einen und hat verheerende Auswirkungen auf die Verdauung. Großfamilien sollten nur Kaninchen erlaubt sein. Ich bin sicher, daß Proust mir in diesem Punkt recht geben würde.

Und auch meine anbetungswürdige Mutter muß das so empfunden haben, denn sobald wir uns recht und schlecht auf den Beinen halten und blinzelnd die Welt in Augenschein nehmen konnten, war sie auch schon verschwunden. Einfach so. Ich kann mich an den Augenblick noch gut erinnern. Rabenschwarze Nacht war's, und ich lag im Halbschlaf. In dem Bestreben, etwas für mein leibliches Wohl zu tun, rollte ich ein Stück zur Seite und wachte darüber auf, daß ich gierig am Ohr eines meiner Brüder nuckelte. Ein gehöriger Schock für uns beide, er hat mich hinterher noch geraume Zeit schief angesehen. Ich würde gern wissen, was die eifrigen Verfechter geschwisterlicher Nestwärme in einer solchen Situation empfohlen hätten. Gruppentherapie, nehme ich an, und einige Sitzungen zur Schärfung des Problembewußtseins, in Verbindung mit einem Schuß Antibiotika für den leidtragenden Teil.

In dieser Nacht fand, wie Sie sich vorstellen können, keiner von uns viel Schlaf, und im Morgengrauen fingen die Mägen zu knurren an, begleitet vom erbärmlichen Winseln der schwächlicheren Geschwister. Da ich von Natur aus Optimist bin, war ich überzeugt, daß meine Mutter sich nur mal – vielleicht weil sie erwachsener Geselligkeit bedurfte – kurz davongestohlen hatte und zur Frühstückszeit mit verlegenem Grinsen wieder auftauchen würde. Davon konnte indessen keine Rede sein. Die Stunden gingen dahin, das Magenknurren und das Gewinsel wurden lauter, und sogar ich fing an, mit dem Schlimmsten zu rechnen. Mutterlos, von einem Rudel kleiner Tolpatsche umgeben, in der Schnauze den faden Geschmack des brüderlichen Ohrs und ohne jede Aussicht, irgendwas Nahrhafteres aufzutreiben, machte ich meine ersten Erfahrungen mit den düsteren Seiten des Lebens. Es verrät eine Menge über meine Charakterstärke, daß ich mich nicht länger bei diesem Thema aufhalte. Jedenfalls nicht, solange ich mir des Mitgefühls meiner Leser nicht gewiß bin.

Ich habe mich oft gefragt, wie wir uns in den nächsten paar Wochen durchgewurschtelt haben. Es gab da eine ominöse Schale mit dünner Milch und ein paar fragwürdige Essensreste (bis zum heutigen Tag vermag ich kalten Nudeln keinerlei Interesse abzugewinnen), aber alles war recht spärlich bemessen und nicht im entferntesten dazu angetan, das Gefühl wohliger Sättigung zu erzielen. Dennoch hätte man, gemessen an dem Aufheben, das sie darum machten, meinen können, sie fütterten uns mit Kalbslendchen vom Feinsten durch. Tag für Tag führten vor unserer Stalltür der Herr des Hauses (in Stiefeln) und die ihm angetraute bessere Hälfte (in Filzpantoffeln) erbitterte Streitgespräche. Einiges davon ist mir entfallen, aber die generelle Tendenz läßt sich so wiedergeben: Es gibt zu viele Mäuler zu stopfen und ist sowieso rausgeschmissenes Geld und im übrigen deine Schuld, weil du sie in einer Vollmondnacht aus dem Haus gelassen hast. Ich habe nie wieder so hitzige Debatten miterlebt, und das alles wegen ein paar kümmerlicher Hühnerknochen und einer halben Baguette, die schon frischbackenere Tage gesehen hatte. Aber es gab eben nur das oder gar nichts, also mußten wir wohl oder übel damit auskommen.

Dann kamen sie uns besichtigen, und da war der scheinheilige Typ in den Stiefeln plötzlich wie ausgewechselt. Er führte seine Freunde zu uns herein und redete über uns, als wären wir der Familienschmuck. »Erstklassige Jagdhunde«, behauptete er, »jede Menge Preisträger im Stammbaum. Makellose Gene. Na, das sieht man ja gleich an der edlen Kopfform und den wunderschön gerundeten Schultern.« Überflüssig zu sagen, daß alles erstunken und erlogen war. Ich wäre jede Wette eingegangen, daß er meinen Vater kein einziges Mal zu Gesicht bekommen hat. Ich ja auch nicht. Aber er schlug wacker weiter in dieselbe Kerbe und setzte mit seinen Bemerkungen über berühmte Vorfahren und Stammbäume, die angeblich bis in die Tage Ludwigs des Vierzehnten zurückreichten, noch eins drauf. Eine bühnenreife Vorstellung, für die jeder Gebrauchtwagenverkäufer von seinem Chef mit einem Extrascheck belohnt worden wäre.

Die meisten seiner Freunde durchschauten das Spiel, aber ein paar Einfaltspinsel gibt's eben immer, und so wurden meine Geschwister eines nach dem anderen als vermeintlich reinrassige Jagdhunde in ein neues Zuhause verfrachtet. Was wieder mal beweist, daß sich jedwedes Problem leicht lösen läßt, wenn einer nur dreist genug blufft. Eine Lektion, die ich mir zu Herzen genommen und an der ich mich gar manches Mal erfolgreich orientiert habe. Ich denke da zum Beispiel an den Tag, an dem ich im Wald auf die Wildschweinfamilie gestoßen bin, aber das ist eine andere Geschichte.

Sie mögen sich fragen, wie mir zumute war, als ich miterleben mußte, wie die, die mir am nächsten standen und die Liebsten waren, unser angestammtes Zuhause verließen. Kam ich mir beraubt vor? Fühlte ich mich vielleicht vereinsamt und niedergeschlagen? Nicht die Spur. Ich war hocherfreut. Jeder Trottel kann sich ausrechnen, daß, je weniger Mäuler zu füttern sind, desto mehr für die abfällt, die übrigbleiben. Davon abgesehen hatte ich mich schon immer für das beste Pferd im Stall gehalten – wenn Sie die anderen gesehen hätten, wüßten Sie, warum –, darum vertraute ich voller Zuversicht darauf, eines Tages den Platz einzunehmen, der mir mit Fug und Recht zustand – mit drei anständigen Mahlzeiten täglich und einem bequemen Schlafplatz im Haus. Wir können uns eben alle mal irren.

Ich fing an, dem Typen in den Stiefeln mehr Aufmerksamkeit zu widmen, da er ganz offensichtlich am Drücker saß. Ich besaß Charme, damals schon, und verstand mich darauf, dem elenden Kotzbrocken, sobald er in meine Nähe kam, um den Bart zu gehen. Meine Technik war natürlich noch nicht so ausgefeilt wie heute, aber ich zog alle Register – vom Schwanzwedeln bis zum Freudengewinsel – und glaubte in meiner Verblendung, ich sei auf dem besten Weg, ihn rumzukriegen. Irgendwo unter der häßlichen rauhen Schale müsse sich eine freundliche Seele verbergen, die sich allmählich für mich erwärmen werde, hoffte ich. Aber ach – der Kern war noch abstoßender als die Schale. Sie haben sicher schon mal die Definition des Lebens als böse, kurzbemessen und ohne Sinn und Verstand gehört. Nun, von ihm hätte man dasselbe sagen können. Freigebig zeigte er sich lediglich, wenn es galt, mit seinen Stiefeln zuzutreten – was mich übrigens bewogen hat, seither alle Füße mit tiefeingewurzeltem Mißtrauen zu betrachten.

Aber eines Tages ließ er mich dann doch aus dem Stall raus, und ich glaubte schon, das Leben werde sich nun zum Besseren wenden. Ein Ausflug war das mindeste, was ich erwartete, aber vielleicht stand ja auch eine Besichtigung meines neuen Logis auf dem Programm, mit einem passablen Festmahl zur Feier meiner Aufnahme im Schoße der neuen Familie. Ach, der leichtgläubige Optimismus der Jugend!

Er brachte mich zu einem ungepflegten, mit Unkräutern, verrosteten Ölkanistern und zwei alten Traktorreifen bestückten Fleckchen Garten, stülpte mir eine Schlinge über den Kopf und band das andere Ende des Seils am Stamm einer Platane fest. Dann trat er einen Schritt zurück und musterte mich. Ich weiß nicht, ob Sie je Leute dabei beobachtet haben, wie sie sich im Fleischerladen die Entscheidung zwischen Lamm- und Rinderbraten abringen wollen, aber genau so sah er aus. Nachdenklich und mit einem Rechenschieber im Gehirn. Ich hüpfte und sprang, demonstrierte gemäßigten

Übermut und hätte mich um ein Haar selber in der Schlinge erwürgt, doch dann gab ich auf und setzte mich auf den schmutzigen Boden. Wir starrten einander an. Er kaute an seinem Schnurrbart. Ich versuchte es mit einem herzzerreißenden Winseln. Er zog sich grunzend ins Haus zurück. Soviel zur vielbeschworenen mystischen Beziehung zwischen Mensch und Hund.

Und da blieb ich dann während des ganzen Sommers – angebunden, gelangweilt, mehr schlecht als recht gefüttert, als einzigen Trost- und Schattenspender die Platane in meiner Nähe. Hin und wieder kam der Stiefeltyp zu mir herüber und maß mich in seiner nachdenklichen Art von oben bis unten, darüber hinaus gab es so gut wie keine Zerstreuung. Damit ich überhaupt was zu tun hatte, bellte ich das Nichts an und beobachtete die Ameisen. Geschäftige kleine Wesen, diese Ameisen. Sie faszinieren mich heute noch, wie sie – in Dreierreihen, den Blick starr nach vorn gerichtet – emsig hin und her huschen. In den großen Städten geht es, wie ich höre, so ähnlich zu: Millionen Menschen hasten von einem Loch zum anderen und wieder zurück. Eine merkwürdige Art, sein Leben zu verbringen, aber sie wollen's offensichtlich nicht anders.

Ich hatte mir angewöhnt, die Nacht zusammengerollt in einem der Traktorreifen zu verbringen, und als ich eines Morgens erwachte, lag, wie ich feststellte, ein eindeutig anderer Duft in der Luft. Meiner Nase nach roch es nach einer neuen Jahreszeit. Das Gummi war mit Tau benetzt, Sommer ade.

Heute weiß ich, was ich seinerzeit noch nicht wußte: daß nämlich im Herbst primitive Bedürfnisse, die – insbesondere in meinem Teil der Welt – in der Brust der Spezies Menschen schlummern, fröhliche Urständ' feiern. Männer rotten sich zusammen, bewaffnen sich bis an die Zähne und brechen auf zum Kampf gegen Drosseln, Kaninchen, Schnepfen und alles, was sonst noch verdächtige Geräusche im Unterholz macht. Man sagt ihnen nach, daß sie sich auch mal gegenseitig unter Feuer nehmen; völlig verständlich, wenn man sich ausmalt, daß jemand einen enttäuschenden Tag hatte und seiner Frau trotzdem unbedingt was mit nach Hause bringen will. Aber ich schweife schon wieder ab.

Ich hatte mich aus meinem Reifen hochgerappelt, hatte meine Dehnübungen hinter mir und das, was ich üblicherweise morgens sonst noch erledige, und war innerlich auf einen Tag gefaßt, der so langweilig verlaufen würde wie alle anderen, als etwas aus dem Haus auf mich zumarschiert kam, was ich nur als übersinnliche Erscheinung beschreiben kann. Es war der Typ in den Stiefeln, aber statt wie üblich im Pullunder und den mottenzerfressenen Schlackerhosen daherzukommen, war er heute mit einer kompletten Dschungeltarnung ausstaffiert – grünbraun gesprenkelte Mütze, dazu passende Jacke, umgeschnallte Patronengurte, über der einen Schulter einen Lederbeutel, über der anderen die Flinte. Nimrod, der Jäger, im Phantasiekostüm.

Als er näher kam, wehte mir aus dem Beutel die Witterung von schalem Blut entgegen – geradezu ein Genuß, würde ich sagen, verglichen mit dem gewohnten Bouquet aus Knoblauch, Tabak und Schweiß: ich ahnte sofort, daß irgendwas im Busch war. Und wirklich, er band mich los und machte mir mittels seines Stiefels klar, daß ich im Kastenwagen Platz nehmen sollte, zusammen mit ihm. Ich kann verstehen, daß sich das für Sie nicht gerade wie der Start in einen Bilderbuchtag anhört, aber mir, der ich seit Monaten am Ende des Seils gehangen hatte, kam es, das werden Sie mir wohl nachempfinden können, wie die Verheißung eines wunderbaren Abenteuers vor. Irgendwann erlahmt das Interesse an Ameisen schließlich bei jedem.

So fuhren wir los, folgten eine Weile der Straße, holperten das letzte Stück über eine Waschbrettstrecke und hielten dann endlich an. Nimrod stieg aus, mich hieß er, im Wagen zu bleiben. Ich hörte Gebell und zwängte die Nase durchs Fenster.

Drei oder vier andere Kastenwagen – dem Gebell nach steckte in jedem ein Hund – parkten auf einer Lichtung im Wald. Nimrod und seine Freunde stolzierten auf und ab, klopften sich nach echter Männerart auf die Schultern und nahmen gegenseitig in Augenschein, was sie an Waffen und militärischem Putz mit und an sich herumtrugen. Eine Flasche mit was weiß ich was kam zum Vorschein und machte die Runde, und einer der wackeren Kämpen zauberte eine Wurst hervor, die mit einem Messer, mit dem man mühelos einen Wal hätte ausweiden können, zerstückelt und alsdann verschlungen wurde, als hätte keiner von ihnen seit Tagen auch nur ein Krümelchen zu essen gesehen. Obwohl sie ja gerade erst vom Frühstück kamen. Dann kreiste wieder die Flasche, das Bellen verstummte, und ich muß wohl eingeduselt sein.

Das nächste, woran ich mich erinnere, war, daß mein Stinkstiefel mich aus dem Wagen zerrte und Richtung Wald dirigierte. Die anderen Hunde schienen zu wissen, was zu tun war, und so machte ich es ihnen einfach nach. Die Nasen dicht über dem Boden, rannten wir los, als hätten wir ein bestimmtes Ziel vor Augen, hinter uns folgte unsere Panzerdivision in geschlossener Formation. Sie machten einen solchen Lärm, daß alles, was nicht stocktaub war, verstört Reißaus nehmen mußte. Jeder Vogel, wäre er auch nur mit einem halben Gehirn ausgestattet gewesen – Ihr Fasan, zum Beispiel, falls Sie einen haben –, hätte lange, bevor wir ihm zu nahe treten konnten, Zuflucht auf dem Dach der nächsten *gendarmerie* gesucht.

Aber man darf nie unterschätzen, wie stupide Kaninchen sein können. Einer der anderen Hunde machte plötzlich halt und nahm eine Pose ein, die man gelegentlich auf Jagdgemälden der rustikalen Schule sehen kann – Kopf nach vorn gereckt, Nacken, Rückgrat und Schwanz in einer makellos geraden Linie, eine der Vorderpfoten leicht angehoben, als wäre er gerade in etwas Unappetitliches reingetreten. Ich glaube, in der Sprache der Jäger sagt man: der Hund »steht vor«. Wie auch

Unter einen Busch gekauert – ein Häschen

27

immer, ich trottete rüber zu ihm, um zu sehen, was eigentlich los war, und da hockte wahrhaftig, unter einen Busch gekauert, ein Häschen, zitternd wie Espenlaub und offensichtlich noch unschlüssig, ob es einen Purzelbaum schlagen und sich totstellen, sofort die weiße Fahne präsentieren oder erst loslaufen und eine holen sollte.

Im Truppenverband hinter uns herrschte große Aufregung, ein Durcheinander von Befehlen und Gegenbefehlen, die ich aber sowieso ignorierte. Schließlich war's mein erstes Kaninchen, das wollte ich mir schon näher ansehen. Mir ging, wie ich mich erinnere, das sprichwörtliche gefundene Fressen durch den Sinn, als ich zum Sprung ansetzte, aber das Mistvieh muß meine Gedanken erraten haben. Es schoß zwischen meinen Beinen durch, und dann brach der Dritte Weltkrieg aus.

Sie müssen bedenken, daß ich nie zuvor auf einem Schlachtfeld geweilt hatte und daher in keiner Weise auf das schreckliche Getöse etlicher Flinten vorbereitet war, die unmittelbar über meinem Kopf abgefeuert wurden. Sie können sich nicht vorstellen, wie sehr mich das bis ins Mark erschüttert hat, und so sehe ich keinen Anlaß, mich für mein anschließendes Verhalten zu entschuldigen. Der Instinkt brach sich Bahn, ich flüchtete schneller als der Hase aus der Schußlinie; es kann sogar sein, daß ich ihn auf dem Weg in die Geborgenheit des Kastenwagens überholt habe.

Rein konnte ich nicht, also verkroch ich mich darunter. Ich kam gerade erst wieder zu Atem und beglückwünschte mich dazu, dem Tod mit knapper Not entronnen zu sein, als ich feststellte, daß ich nicht mehr allein war. Ich konnte Gelächter ausmachen und ein derbes

Kein von Geselligkeit geprägtes Ereignis

Organ, das ich als Nimrods Stimme identifizierte. Er war der einzige, der nicht lachte.

Er brüllte mich an, ich solle rauskommen, aber ich hielt es für besser, zu bleiben, wo ich war, bis er die *contenance* wiedergefunden hatte. Angestachelt von der gesteigerten Fröhlichkeit seiner Jagdgenossen, fing er an, den Kastenwagen mit Tritten zu traktieren, und als das nichts half, ging er auf alle viere und stocherte mit dem Gewehrkolben in meine Richtung, bis ich doch herausgekrochen kam. Er riß die Wagentür auf und half mir hinein, wieder mit dem Stiefel.

Die Heimfahrt war kein von Geselligkeit geprägtes Ereignis. Ich weiß, ich hatte nicht gerade das Maß an Sachkenntnis und Geschicklichkeit gezeigt, das er von mir erwartete, aber es war schließlich das erste Mal, daß er mich mitgenommen hatte. Woher hätte ich die Spielregeln kennen sollen? Im Interesse der Harmonie und eines friedlichen Lebens machte ich ein paar versöhnliche Annäherungsversuche, aber alles, was ich mir einhandelte, waren Schläge mit dem Handrücken und eine Reihe anderer Mißhandlungen. Was ich mir nicht klargemacht hatte, war, daß ich ihn als den Kretin entlarvt hatte, der er war, und das vor seinen Kumpanen. (Die waren zwar, wenn ich sie mir so ansah, auch nicht viel besser als er, aber wenigstens hatten sie Humor.) Ich habe herausgefunden, daß die meisten Leute, wenn's um ihr Image geht, empfindlich reagieren. Der kleinste Sprung im Spiegel ihrer Selbstachtung, und schon schmollen sie stundenlang. Oder sie lassen ihre schlechte Laune an dem aus, der gerade zur Hand ist. Und das war in diesem Fall ich.

So verbrachte ich die nächsten paar Tage wieder am Ende des Seils und in Ungnade, während Nimrod und ich unser gegenseitiges Beziehungsgeflecht neu abschätzten. Was er sich wünschte, war offensichtlich ein Jagdgefährte, schußfest und apportierfreudig. Meine Ambitionen waren eher hausbackener Natur: ein Dach über dem Kopf und vielleicht ein paar einfache kleine Bewachungspflichten. Verstehen Sie mich recht, nicht etwa, daß ich aus moralischen Gründen etwas gegen die Jagd gehabt hätte. Was mich betrifft, zählt vor allem der Umstand, daß man ein totes Kaninchen schneller am Wickel hat als ein quicklebendiges. Es ist dieses Herumballern mit Jagdflinten, an das ich mich nicht gewöhnen kann. Ich habe eben extrem empfindliche Ohren.

Ein paar Tage später kam der berühmte Tropfen, der das Faß zum Überlaufen bringt, und zwar, als Nimrod den Entschluß faßte, mich einer kleinen Elementardressur und einem Geländetraining zu unterziehen. Er kam mit bedrohlich geschwungener Flinte aus dem Haus und hatte irgendwas um den Arm gewickelt, was auf den ersten Blick wie ein unförmiges Fellbündel aussah, aber in Wirklichkeit muß es sich wohl um einen seiner scheußlichen Pullunder gehandelt haben – um ein Hasenfell herumgewickelt.

Er zog mir die Schlinge vom Hals, drückte mir einige Sekunden lang das Bündel unter die Nase und murmelte was von Wildwitterung, wobei er vergaß, daß er sich vorhin, beim Herumwerkeln an seinem Kastenwagen, die Hände am Pullunder abgewischt hatte. Es ist nicht ganz einfach, beim Odeur von Dieselöl echte Begeisterung vorzutäuschen, aber ich gab mir redlich Mühe, mich aufgeweckt und jagdbegierig zu zeigen. Und dann fing der Posse zweiter Akt an.

Er warf das Bündel in ein Krüppelgebüsch, rund zwanzig Meter weit entfernt, und deutete mir mit der nach unten gehaltenen Hand an, daß ich noch nicht lossprinten solle. Ich hatte, ehrlich gesagt, auch nichts dergleichen vor – nicht, solange ein alter Trottel mit hypernervösem Zeigefinger hinter mir herumlungerte –, und so saß ich einfach da und wartete ab, wie sich die Dinge weiterentwickeln würden. Er schien das als Zeichen für Disziplin und Geländetauglichkeit zu werten, bedachte mich nebst einem Blick mit einer Zuckung, die ich als anerkennendes Lächeln deutete. »*Bieng*«, sagte er (mit einem Akzent, bei dem man automatisch an Haferflockenbrei denken mußte). »*Ça commence bieng.*«

Und nun? Warteten wir darauf, daß das Bündel aus Wolle und Fell mit erhobenen Händen aus dem Gebüsch kam, um sich kampflos dem überlegenen Gegner zu ergeben? Oder wollten wir uns klammheimlich anschleichen und beides im Handstreich einsacken? Solange wir uns in dieser Frage noch nicht einig waren, streckte ich mich erst mal lang aus, was sich als falsche Beurteilung der Lage erwies, weil man, wenn man die Beine langmacht, nicht schnell genug aus der Gefahrenzone kommt.

Ich hatte nicht mal hingesehen, und so konnte ich auch nicht merken, daß er die Flinte anlegte. Aber als das Ding losging, war ich – schneller, als einer peng sagen kann – weg und lag, den Kopf ganz tief unten und beide Pfoten über den Ohren, in einem der Traktorreifen. Haben Sie schon mal einen Menschen gesehen, der völlig die Beherrschung verliert? Kein erhebender Anblick, und schon gar nicht, wenn er, stammelnd vor Wut, eine Flinte in Richtung auf Ihr Refugium schwenkt. Und so sagte ich mir, es könne nichts schaden, irgendwas Solides zwischen ihn und mich zu bringen. Mit einem Satz war ich, bevor er mir das Seil über den Hals streifen konnte, raus aus dem Reifen und hinter der Platane. Wir drehten etliche Runden um den Baumstamm, er wie von Sinnen fluchend und ich eifrig bemüht, angemessen zerknirscht auszusehen, während ich, so schnell ich konnte, rückwärts vor ihm ausbüxte. Nicht einfach, zugegeben, aber allemal sicherer, wie ich dachte, als ihm das Hinterteil zu präsentieren. Obwohl er das wahrscheinlich verfehlt hätte, ein Meisterschütze war er ja wirklich nicht.

Das Ganze wäre womöglich irgendwann durch einen erschöpften Waffenstillstand beendet worden, hätte nicht plötzlich einer seiner Freunde dagestanden, der – vor Lachen Tränen in den Augen – unseren energetischen Ringelreihen rund um den Baumstamm verfolgte. Wenn ich heute darüber nachdenke, bin ich sicher, den alsbald folgenden Wechsel meines Wohnsitzes dem Umstand zu verdanken, daß ich meinen Stinkstiefel in diese lächerliche Situation gebracht hatte. Sie werden das selber schon festgestellt haben: Es gibt Leute, die können einfach keinen Spaß vertragen.

Jetzt überstürzten sich die Ereignisse nicht nur, sie waren überdies sehr schmerzhaft. Nachdem es ihm schließlich gelungen war, mir den Fluchtweg abzuschneiden, versetzte mein Stiefeltyp mir mit dem Ende des Seils etliche kräftige Hiebe und warf mich in den Stauraum des Kastenwagens. Ich hörte ihn noch seiner Frau irgendwas zurufen – wie war die gute alte Seele doch mit ihm gestraft! –, bevor er vorn einstieg und mit einem derartigen Affenzahn lospreschte, als wären wir anläßlich der Beerdigung seines besten Freundes arg spät dran und wollten wenigstens den Leichenschmaus nicht verpassen.

Ich zog mich so weit nach hinten zurück, daß er mich, auch wenn er sich noch so reckte, nicht erwischen konnte, und begann zu grübeln. Da er die abscheuliche Flinte und die verrückte Mütze nicht dabeihatte, war klar, daß wir nicht wieder auf die Jagd gingen. Und daß es keine Vergnügungsreise wurde, lag auch auf der Hand. Er hielt Kopf und Schultern so merkwürdig steif, daß man ihm sogar von hinten anmerkte, wie wütend er war. Viel zu schnell fuhr er auch, jedenfalls für sein begrenztes Reaktionsvermögen. Alle naslang drückte er auf die Hu-

Wir maßen uns mit Blicken

pe, und die Kurven nahm er schlingernd wie ein ein-
beiniger Trunkenbold.

Wir fuhren und fuhren, die meiste Zeit bergauf, bis wir
mit einem Ruck abseits der Straße anhielten. Ich machte mich innerlich auf weitere Unannehmlichkeiten gefaßt, und als er ausstieg, um den Kastenwagen herum
und zur Hecktür ging, schlüpfte ich rasch auf den Fah-
rersitz. Nur so für alle Fälle, weil man bei ihm nie wissen
konnte, ob er irgendwelche Gewalttätigkeiten plante.
Wir maßen uns mit Blicken, er durch die offene Hecktür, ich über die Rückenlehne des Fahrersitzes.

Halb war ich schon darauf gefaßt, daß er gleich wieder
zu brüllen anfing, aber statt dessen langte er in die Tasche, zog ein ansehnliches Stück Wurst heraus und hielt

34

es mir hin. Ich hätte wissen müssen, daß ein knauseriger alter Schurke wie er nicht plötzlich unter einem Anfall von Großzügigkeit leiden konnte, aber ich war eben hungrig und irgendwie auch überrumpelt. So folgte ich der Lockspur der hingehaltenen Wurst. Er wich zentimeterweise nach hinten zurück, und ich sprang aus dem Kastenwagen und nahm meine unwiderstehlichste Pose ein – die Vorderpfoten artig nebeneinander, den Kopf geneigt, schon ein bißchen verdauungsförderndes Wasser um die Lefzen.

Er nickte und grunzte und hielt mir die Wurst unter die Nase. Aus Schweinefleisch gemacht, erinnere ich mich, genau mit dem richtigen Fettanteil und einem herrlich würzigen Duft. Als ich mich aber vorbeugte, um sie mir zu holen, drehte er sich um und warf sie ins Gebüsch. Ein respektabler Wurf für einen, der dauernd über seine Arthritis jammert.

Nun, ich wage zu vermuten, daß Sie bereits ahnen, wie es weiterging. Ich hetzte hinter der Wurst her, dachte noch, das sei nun endlich mal ein Jagdvergnügen nach meinem Herzen, und tauchte im Unterholz unter. Meine Nase leistete Schwerarbeit, und mein Gefühl sagte mir, daß es von nun an vielleicht bergauf ginge. Das Jagdfieber mußte mich gepackt haben, ich hörte und sah nichts mehr von dem, was hinter mir geschah. Ich gebe auch zu, daß ich nicht zu den Stillen im Lande gehöre, und so mag es sein, daß ich, als ich mich durch die Botanik wühlte, ein bißchen viel Lärm gemacht habe. Jedenfalls brach ich nach zehn Minuten erfolglosen Herumstöberns die Suche ab, orientierte mich neu, schaute nach hinten und stellte fest, daß da irgendwas fehlte.

Gähnende Leere. Kein Kastenwagen, kein Stiefeltyp. Er hatte sich, während ich anderweitig beschäftigt war, verdrückt. Die Wurst habe ich übrigens auch nie gefunden.

In öder Wildnis

Ausgesetzt. Nachdem ich wieder und wieder den Horizont nach dem Kastenwagen und dessen hinterhältigem Besitzer abgesucht hatte, schlug dieses Wort allmählich in meinem Kopf Wurzeln. Ich wertete die Ereignisse als diskreten Wink, daß man meiner Dienste in der Hochburg der Hoffnungslosigkeit künftig nicht mehr bedürfe, und so blieb mir, aller Pflichten ledig, eine Menge Zeit zur Bestandsaufnahme und zur Abwägung der Zukunftsaspekte.

Es war ein Wendepunkt, da gab's keinen Zweifel, und Wendepunkte sind, wie ich herausgefunden habe, in aller Regel das, was man aus ihnen macht. Sie können was Gutes oder Schlechtes sein, Sonnenschein oder Schatten, angenehm oder bitter und so weiter. Ist das Glas halb leer oder halb voll? Gehört zu jedem Silberstreif eine dunkle Wolke? Und was es dergleichen Sprüche mehr gibt.

Wie ich schon erwähnte, bin ich von Natur aus Optimist, und so beschäftigte ich mich zunächst mal mit der Schokoladenseite meiner Lage. Mir stand frei, herumzustromern, wohin meine Nase mich führte. Die Gefahr, sich einen Tritt in die Rippen einzuhandeln oder mit einem Grüppchen bewaffneter Idioten zu einer trommelfellerschütternden Expedition aufbrechen zu müssen, war fürs erste gebannt. Und schlimmer, als ich's mit meiner

Bleibe und dem Futter bislang getroffen hatte, konnte es, wie Sie gesehen haben, kaum werden. So eine Vergangenheit hinter mir zu lassen war kein Schicksalsschlag.

Aber es gab dennoch ein Problem, das sich, wie Probleme das so an sich haben, langsam in mein Bewußtsein drängte. Ich war, ungeachtet all meiner sonstigen Anlagen, von Natur aus nicht dafür gerüstet, mich ganz allein durchs Leben zu schlagen. Das ist der Unterschied zwischen Hunden und Katzen. Setzen Sie einen Kater in der Wildnis aus (wobei ich jederzeit gern behilflich bin), und er wird – schneller, als Sie denken – aus einer Drossel Hackfleisch machen und, wo immer ein Nest oder ein Kaninchenbau seinen Appetit anregt, sein Auskommen finden. Mit anderen Worten, er folgt dem Ruf der Wildnis, indem er zurückkehrt zu seinen Ursprüngen und wieder zum Raubtier wird. Dieser Instinkt schlummert nun mal latent in Katzen. Man kann ihnen nicht über den Weg trauen, und meiner Meinung nach kommt bei jeder noch die eine oder andere verabscheuungswürdige individuelle Angewohnheit hinzu, aber das nur nebenbei.

Da ich nun mal ins Grübeln gekommen war, gelangten meine Gedanken alsbald zu der Frage, welche Stellung der Hund in dem Geflecht einnimmt, das ein wenig leichthin als zivilisierte Gesellschaft bezeichnet wird. Ich gehe davon aus, daß Ihnen die Redensart vertraut ist, die uns Hunden seit Jahr und Tag wie eine zentnerschwere Last am Hals hängt – die abgedroschene Phrase vom besten Freund des Menschen. Aufgebracht hat das, da bin ich sicher, irgendein sentimentaler alter Dummkopf mit einer Schwäche für feuchte Nasen und treuherzig dreinblickende Augen. Was mich betrifft, ich könnte ja damit dienen. Aber was die Leute leicht vergessen, wenn sie sich mit verschleiertem Blick Gefühlsduseleien hingeben: Ob und wie Mensch und Hund miteinander auskommen, hängt entscheidend von praktischen Gegebenheiten ab. Freundschaft ist schön und gut, aber sie ersetzt nicht das warme Bett, den wohlgefüllten Napf und die Behaglichkeit eines gepflegten Zuhauses.

Ein heller Kopf unter meinen Altvorderen muß das vor etlichen Jahrtausenden erkannt und daraus geschlossen haben, daß ihm der Mensch die beste Gewähr für eine geregelte, mühelos verfügbare Logistik bietet. Wir Hunde haben unsere Fähigkeiten und Talente, das ist wahr, aber können wir etwa sicherstellen, daß sich nicht jäh ein Loch in der Nahrungskette auftut? Nein. Sind wir in der Lage, einen warmen, wetterfesten Unterschlupf zu bauen? Wiederum nein. (Übrigens können das Katzen, ungeachtet all ihrer unerträglichen Arroganz, ebenfalls nicht.)

Und so hat mein weiser Vorfahre – in den primitiven Zeiten, lange vor Erfindung der Züchtervereine und der Pudelsalons – den Entschluß gefaßt, zum lebendigen Accessoire im Haushalt des Menschen zu werden. Der Mensch, hochempfänglich für jede Art von Schmeicheleinheiten, hat seinerseits beschlossen, selbige als Zeichen für Freundschaft, brüderliche Verbundenheit und echte Zuneigung zu werten – und was da sonst noch an Schlagworten kursiert. So wurde ein Mythos geboren. Seit jener Zeit erfreuen Hunde sich eines ungebundenen Tagesablaufs nebst sorgenfreiem Logis mit Vollpension, und wenn sie ein wenig Glück haben, werden sie auch noch, ohne sich sonderlich anstrengen zu müssen, hinten und vorn verhätschelt.

So stellt sich's jedenfalls in der Theorie dar, wenn es auch in meinem kurzen Erfahrungsschatz bis dato – angefangen von freundlichen Worten bis hin zu leiblichen Genüssen – an all dem gemangelt hatte. Ich durchlebte, als ich so in vollendeter Einsamkeit dort oben auf den Hügeln saß, ein paar ergreifende Minuten, und mir kam sogar der abwegige Gedanke, mir den Weg zurück zu dem Satan zu suchen, den ich immerhin kannte – trotz der Stiefel und so. Glücklicherweise lenkte das Geräusch eines Autos mich ab, und so eilte ich den staubigen Pfad zur Straße hinunter. Der Funke Hoffnung erlischt eben nie.

Das Auto fuhr an mir vorbei, ohne auch nur abzubremsen. Und das gleiche taten im Laufe des Vormittags noch andere, trotz liebenswürdigster Kopfneigung und grüßend erhobener Pfote meinerseits. Ich experimentierte, indem ich mich auf die Straßenmitte setzte, aber sie kurvten einfach – mit durchgedrückter Hupe und bei bemerkenswertem Mangel an Mitleid seitens der Fahrer – um mich rum. So was versetzt dem Vertrauen in die menschliche Natur nach einiger Zeit einen Dämpfer. Aber schließlich kam mir der Gedanke, daß ich vielleicht mehr Glück hätte, wenn ich jemanden zu Fuß erwischte. Fußgänger sind berechenbar, was sich aber schlagartig ändert, wenn einer mit achtzig Sachen an einem vorbeirauscht. Da gibt's kein Geben und Nehmen mehr, wenn Sie verstehen, was ich meine. Und so faßte ich den Entschluß, mir ein paar Fußgänger zu suchen.

Leichter gesagt als getan, weil mich mein alter Jagd-

Auf der Suche nach der Zivilisation

kumpan an einer Stelle ausgesetzt hatte, an der es in etwa so aussah, wie ich mir dem Hörensagen nach Neu-
seeland vorstelle: Bäume, Büsche, Berge – und sonst
kaum was. Ein Paradies für jemanden, der den unge-
trübten Blick in die Ferne liebt, vermute ich, indessen
nicht gerade ermutigend für einen einsamen Wanderer
auf der Suche nach Geselligkeit und Beistand. Die Nase
in den Wind gereckt, machte ich mich also auf die Suche nach der Zivilisation.
Die Stunden gingen dahin, und es muß um die Mitte des
Nachmittags gewesen sein, als mir zum erstenmal, noch
schwach, ein vertrauter Geruch nach Kanalisation und
Dieselabgasen in die Nase stieg. Für Sie mag das keine
spezifische Bedeutung haben und erst recht keinen
Reiz, aber mir sagte es, daß in der Nähe Menschen sein
mußten. Und wirklich, von der nächsten Hügelkuppe
aus sah ich eine Gruppierung alter Steinhäuser, und als

ich näher kam, vermochte ich Anzeichen einer gewissen Aktivität zu erkennen, ein Huschen und Hasten und Stimmengewirr. Den Ameisen nicht unähnlich, nur geräuschvoller.

Sie müssen sich in Erinnerung rufen, daß sich meine Erfahrungen mit menschlichen Behausungen bislang auf die eine schäbige Bruchbude beschränkten, in der ich geboren wurde, und so war es eine Offenbarung für mich – Dutzende von Häusern und schätzungsweise Hunderte von Menschen. In einem von ihnen, da war ich ganz sicher, würde ich die verwandte Seele meiner neuen Zukunft finden. Ein Irrglaube – wie der, daß es einem irgendwas nutzt, wenn man am Ende eines anstrengenden Tages wacker eine Pfote vor die andere setzt.

Das Dorf kam mir gewaltig vor, in alle Richtungen zweigten Straßen ab, jeder Windhauch war mit fremden, wundersamen Gerüchen beladen, und die Leute schlenderten so ziellos umher, wie sie's tun, wenn sie sich mit keiner anderen Frage beschäftigen als der, was es zum Abendessen gibt. Eine kleine Gruppe hatte an einer Straßenecke haltgemacht, um ein bißchen zu schwatzen, und bei dieser Gelegenheit habe ich eine wertvolle Lektion zum Thema Überlebenstraining gelernt. Die Menschen scheinen nicht in der Lage zu sein, mit vollen Händen ein Schwätzchen zu halten. Fragen Sie mich nicht, warum, aber wenn zwei oder drei von ihnen beisammenstehen, um die Probleme dieser Welt durchzuhecheln, werden erst mal die Taschen und Körbe abgestellt, was einem von meiner Körpergröße die unverhoffte Chance eröffnet, alles gründlich zu inspizieren. (Meinen Kopf müssen Sie sich irgendwo zwischen Ihren Knien und dem unteren Ende Ihres Rumpfes vorstellen, mithin in bequemer Höhe über unbewachten Körben jeder Form und Größe.)

Man soll nie zögern, wenn einem der Himmel einen Wink gibt, und so unternahm ich allsogleich Anstrengungen zur gewaltsamen Befreiung einer Baguette, die aus einem Korb hervorspitzelte, und zog mich mit ihr unter den Schutz eines Tischchens vor dem Dorfcafé zurück. Ich hatte gerade alles bis zum letzten Krümel verschlungen und erwog eine erneute Razzia des Korbes, als eine Hand auftauchte. Sie tätschelte mir den Kopf, verschwand, tauchte abermals auf und hielt dieses Mal ein Klümpchen Zucker zwischen den Fingern. Ich sah nach oben und entdeckte am Nachbartisch ein junges Pärchen, das mich anstrahlte und jene lächerlichen Laute von sich gab, die dem Ohr eines Hundes offenbar nach unerschütterlicher Überzeugung der Menschen Sprachimpulse vermitteln sollen. Mit Babys machen sie's genauso, ist mir aufgefallen. Aber der Klang einer Stimme war mir willkommen, und eine freundliche Hand ist ein gewaltiger Fortschritt gegenüber einem gestiefelten Fuß, und so verkniff ich mir jede kleinliche Nörgelei an den Begleitumständen.

Nun, man hätte wirklich denken können, sie hätten nie zuvor einen Hund gesehen, so überhäuften sie mich mit gelalltem Gebrabbel, Tätscheleien und Zuckerklümpchen, von allem reichlich und immer wieder – lauter untrügliche Anzeichen für Liebe auf den ersten Blick. Unerfahren, wie ich war, wertete ich das als Einladung, ihnen, sobald sie das Café verließen, zu folgen. So trottete ich also hinter ihnen drein und bildete mir ein – ich will es nicht in Abrede stellen –, daß hinter der nächsten Ecke ein weiches Lager und ein neues Leben auf mich warteten. Nennen Sie mich meinetwegen naiv, aber zu jener Zeit beschränkte sich meine Erfahrung mit menschlichen Verhaltensmustern auf die eine oder andere Form der Mißhandlung, an Freundlichkeiten war ich nicht gewöhnt.

Der Ärger, habe ich inzwischen gelernt, fängt oft an, wenn man aus einem einmaligen Akt der Zuneigung schließt, es müsse nun immer so weitergehen. Ich hatte, glaubte ich jedenfalls, Grund zu der Annahme, daß meine Begegnung mit den jungen Leuten auf der Caféterrasse der Anfang einer wundervollen Beziehung war. Aber ach, sie schienen das nicht so zu sehen, und als wir bei ihrem Wagen ankamen, setzte, während ich versuchte, mit hineinzuschlüpfen, ein peinliches Fußgerangel ein, das mit einem entschiedenen Schubs nach draußen und der direkt vor meiner Nase zugeschlagenen Tür endete. Es gibt – ich glaube, aus den Zeiten des alten Troja – ein Sprichwort über Fremde, die einem Geschenke bringen. Nun, heutzutage kann ich leicht darüber philosophieren, aber damals war es nichts als eine schroffe Abfuhr.

Einer, der nicht so durch und durch Hund ist wie ich, wäre verzweifelt. Ich habe zum Beispiel Spaniels gekannt, die sich beim geringsten Mißgeschick auf den Rücken warfen, alle viere in die Luft streckten und dem totalen Kollaps nahe waren. Aber nicht mit mir. Rückgrat zeigen, darauf kommt's an. Unerschrocken vorwärts zu neuen Ufern. Und so beschloß ich, durch ein paar kleine Einkäufe ein wenig Seelenmassage zu treiben (was, wie ich immer wieder höre, ein weitverbreiteter Brauch ist).

Während ich so die Straße hinunterspazierte, wurde ich

jäh gestoppt durch den himmlischen Duft, der mich aus einer offenstehenden Tür anwehte: frisches, rohes Fleisch, Schweinskoteletts, Lammkeulen, Hausmacherwurst, Kutteln und Leber, Markknochen, Rindfleisch – und weit und breit keine Menschenseele zu sehen, als ich meiner Nase folgte und eintrat. Aus dem Hinterzimmer die dumpfe Geräuschkulisse eines Fernsehers, aber ansonsten herrschte Grabesstille. Ich hörte meine eigenen Pfoten über den mit Sägemehl bestreuten Fußboden schlurfen, als ich mich auf die verschwenderische Fülle von Köstlichkeiten zubewegte, die da auf einem blitzblank gescheuerten Holztisch ausgebreitet waren.

Ich meinte, ich sollte mich lieber noch ein wenig im Laden umschauen, bevor ich meine endgültige Entscheidung traf, nicht bedenkend, daß einem zaudernden Kunden oft die besten Schnäppchen entgehen. Aber ich mußte mich eben mit dem begnügen, was ich auf einmal

Seelenmassage durch Einkäufe

im Maul davontragen konnte, und wollte nicht nach dem erstbesten Stück Hammelnacken schnappen, wenn anderswo ein saftiges Steak herumlag. Man bezeichnet das als kritisches Verhalten sachkundiger Käufer. Und ich sollte gleich erleben, was man sich damit einbrockt. Ich schwankte noch, ob ich mich für Schweinspfötchen, schön handlich zusammengebunden, oder einen gut geschnittenen Kalbsbraten entscheiden sollte, als plötzlich weiter hinten markerschütterndes Wutgebrüll erscholl. Der Auftritt des Metzgers – Mordlust in den weitaufgerissenen Augen, die im übrigen schon auf der Suche nach irgendwelchen Unterstützungstruppen zu sein schienen. Zum Glück war die erste Waffe in greifbarer Nähe ein Besen und nicht eine Knochensäge oder ein Hackebeil, und er hantierte nicht besonders geschickt damit. Zunächst traf er in seinem hektischen Bestreben, Körperkontakt mit mir herzustellen, eine Reihe Gläser – *confit* von Enten, das weiß ich noch wie heute. Das Eingemachte fing die erste Wucht des Angriffs ab, und ich schaffte es irgendwie, in kühnem Sprung den Scherbenhaufen zu überwinden und den rettenden Ausgang zu erreichen, ohne mehr abzukriegen als einen harmlosen Zufallstreffer in der hinteren Region. Ich hätte eben nicht so wählerisch sein dürfen. Wer sich nicht entscheiden kann, nimmt nichts als seinen Hunger mit. Dies als gutgemeinten Rat, den Sie bei Ihren Einkäufen beherzigen sollten.

Es wurde Zeit, meine Taktik zu überdenken. Die Episode mit dem Metzger mochte etwas sein, was man *à fonds perdu* schreiben konnte, dennoch war sie ein Indiz dafür, daß man in den Läden des Dorfes gewisse Vorbehalte gegenüber Hunden hegte. Befremdlich, wenn man bedenkt, welche Schäden Kinder von einem Augenblick zum anderen anrichten können, aber ich habe trotzdem nie gehört, daß Ladeninhaber mit gemeingefährlichen Waffen auf sie losgehen. Tja, nun sind Sie dran. Von wegen gleiches Recht für alle. Und dann kam mir die Erleuchtung, als ich einen Mann mit einer Promenadenmischung eine Bäckerei verlassen sah, ohne daß sie körperlicher Mißhandlung ausgesetzt gewesen wären. Womöglich waren es gar nicht die Hunde an sich, die die Kampfeslust anstachelten, sondern nur die ohne Herrchen oder Frauchen. Ich ging ein Stück die Straße hinunter bis zu einer *épicerie* und wartete draußen, um Plan B zur Ausführung zu bringen.

Verlockende Düfte, die mich aus dem Laden anwehten, ließen meinem Mut Flügel wachsen. Nicht ganz so vielfältig und deftig wie bei der Metzgerei, aber doch reich genug, um die Phantasie kleine Purzelbäume schlagen zu lassen. Hochgespannte Erwartungen schärften mir die Sinne, als ich die Straße nach einem geeigneten Komplizen absuchte.

Ich hatte noch nie so viele Leute gesehen, und ich glaube, an diesem Spätnachmittag vor vielen, vielen Jahren muß in mir jenes Interesse an den Gepflogenheiten der Menschen erwacht sein, das mein Leben lang nicht mehr erloschen ist. Ach, diese Vielfalt im äußeren Erscheinungsbild, in der Altersgruppierung und in der Gewichtsklasse! Sie flanierten aneinander vorüber, ohne auch nur im mindesten von jener Neugier befallen zu sein, die Hunde zur Schau gestellt hätten. Kein Schnüffeln, kein Umkreisen, kein zeremonielles Beinchenheben. Hin und wieder ein Kopfnicken oder ineinanderverschlungene Hände, darüber hinaus nur sehr spärliche Anzeichen für das, was ich sozialen Kontakt nennen würde. Mittlerweile habe ich mich natürlich daran gewöhnt, aber ich weiß noch, daß ich damals gedacht habe, wie befremdlich dieser Mangel an gegenseitigem Interesse doch sei. Es sollte mich nicht wundern, wenn es etwas mit der Überbevölkerung der Städte zu tun hätte. Das stumpft die Sinne ab.

Ich war so damit beschäftigt, den nicht abreißenden Strom der Passanten zu beobachten, daß ich zusammenzuckte, als mir jemand den Kopf tätschelte. Ich drehte mich um, sah unten einen leeren Einkaufskorb und oben ein lächelndes Gesicht, und schon war sie weitergegangen und tauchte ein ins wohlriechende Halbdunkel der *épicerie*. Pack die Gelegenheit beim Schopfe, sagte ich mir. Wie ein Schatten huschte ich hinter ihr her und schlüpfte, so gut es mir gelang, in die Rolle des braven Hundes, der seinem einkaufenden Frauchen bei Fuß folgt.

Es war wirklich noch eine *épicerie*, eine von der althergebrachten Art. Heutzutage findet man so viele, die nichts als Dosen und Schachteln und mysteriöse mit Plastik umwickelte Klumpen von irgendwas in den Regalen stapeln, aber hier wurden noch echte Nahrungsmittel feilgeboten, überwiegend sogar nackt und bloß – ganze Wagenräder aus Käse, Bauernwürste, geräucherter Schinken und eine Palette aus Schälchen mit Vorgekochtem. Die Franzosen kasteien sich nicht, wie Sie sicher wissen, und so gab es hier alles, angefangen von *crêpinettes* vom Masthuhn bis zu Terrinen, die einem die Augen übergehen ließen.

Die Dame in meiner Begleitung blieb vor dem Gemüse stehen, dem ich noch nie viel Reiz abgewinnen konnte, und ich pfotelte den schmalen Gang hinauf und gelangte, nachdem ich am Biskuittisch einem kurzen Anflug von Versuchung widerstanden hatte, in den hinteren Teil des Ladens, wo die wahren Schätze ausgebreitet waren. Ich war sehr angetan von einer Lasagne, aber es galt, keinen Augenblick an kontemplative Erwägungen zu verlieren. Nach der vorangegangenen Erfahrung *chez le boucher* hatte ich nicht vor, lange herumzutrödeln, und ich wollte schon – Hinterbeine lang ausgestreckt, Pfoten auf dem Tresen – bei knapp einem Kilo bestem Rauchschinken zuschnappen, als unter mir die Hölle losbrach. Man hätte recht großzügig sein müssen, um von einem anderen Hund zu reden. Ich würde eher sagen, es handelte sich um ein spindeldürres, nichtsdestotrotz furchteinflößendes Etwas von der Schulterhöhe einer Ratte, mit einer in so absurden Spiralen geringelten Rute, daß sich unwillkürlich der Vergleich mit einem gefolterten Wurm aufdrängte, und einem Kläffstimmchen in so durchdringendem Falsett, daß es einen Toten aufwecken konnte. Im ersten Augenblick dachte ich, er hätte seine edelsten Teile in den Schinkenschneider gebracht, aber die erbärmlichen Laute waren schlichtweg das, was er im Bemühen um ein ordentliches Gebell zustande brachte. So hungrig ich auch war, es war ausgeschlossen, mich des Schinkens zu bemächtigen, solange er meine Sprunggelenke mit einer Serie von Bissen traktierte, und während ich noch bemüht war, ihn abzuschütteln, kam aus dem Hinterzimmer ein Kleiderschrank auf Beinen herausgeschossen, um bei dem Gerangel mitzumischen. Vage erinnere ich mich auch an ein geschwungenes Nudelholz. Alles in allem schien es höchst unklug, länger zu verweilen.

Soviel zu dem Willkommen, das mir die Ladeninhaber des Dorfes bereitet haben. Ich kann nur sagen, Sie sollten den bunten Ansichtskarten, auf denen fröhliche Einheimische affektiert in die Kamera lächeln, keinen Glauben schenken. Die beiden, denen ich an diesem Tag begegnet bin, hätten sogar einem wie Dschingis-Khan Alpdrücken bereitet. (Es heißt, er habe in Notzeiten Hunde gegessen. Gewisse Fortschritte hat es seither eben doch gegeben.)

Ich kehrte zu meinem früheren Refugium unter dem Cafétisch zurück und ließ die Ereignisse im Geiste Revue passieren. Eine Abfuhr und zwei Attacken auf mein Leben – und demgegenüber auf der Habenseite ein kleiner Laib Brot und eine Handvoll Zuckerbrocken. Der Nachmittag war kein überragender Triumph gewesen, und nun wurden die Schatten länger, der Abend hatte schon die Nacht im Schlepptau, und ich war dem Bett mit Vollpension keinen Deut näher als bei Tagesanbruch. Morgen harrten neue Freuden und günstige Gelegenheiten meiner, dessen war ich gewiß, aber so lange blieb das Problem, wo ich die Nacht verbringen sollte. Unter dem Tisch bleiben oder Zuflucht im großen Ungewissen suchen, das war hier die Frage.

Sie wurde beantwortet durch den Caféhausbesitzer, der – bewaffnet mit dem Besen, den offenbar alle Dorfbewohner, vermutlich für den Fall einer plötzlichen Invasion, ständig zur Hand hatten – anfing, die heruntergefallenen Überbleibsel des Tages von dem mit Tischen vollgestellten Teil des Bürgersteigs auf die Straße zu fegen – zur hellen Freude seiner Mitbürger, nehme ich an. Während er sich langsam auf mich zu arbeitete, trafen sich unsere Blicke, und schon wurde der Besen drohend geschwungen. Ich hätte mich für diesen warmherzigen Gruß gern mit einem bleibenden Zeichen meiner Wertschätzung revanchiert, aber mir blieb nicht mal Zeit, auch nur flüchtig das Bein zu heben. Abermals verließ ich überstürzt den Schauplatz des Geschehens und suchte Frieden in Gottes freier Natur.

Mit dem Dorf war ich, noch immer den bitteren Geschmack der ersten Erfahrungen mit menschlicher Liebenswürdigkeit in der Schnauze, ein für allemal fertig, als meine Nase das unverkennbar reife Aroma einfing, das auf einmal in der Luft lag. Es kam vom Ende eines schmalen Pfades, wo ein großer Mülleimer umgestürzt war und seinen Inhalt ins Gras verstreut hatte. Mit bebenden Nasenflügeln näherte ich mich, stellte fest, daß das Problem des Abendessens gelöst war, und studierte die Speisekarte.

Mein Erstaunen darüber, was die Leute alles wegwerfen, wird nie enden. Knochen, trockene Brotkanten, Hüh-

Ich studierte die Speisekarte

nerklein, durchaus genießbare Sardinen – all diese
leckeren kleinen Köstlichkeiten lagen hier zwischen leeren Dosen, Papier und Plastik vor mir ausgebreitet.
Nachdem ich einen abgetragenen Schuh beiseite getre-
ten hatte, wollte ich gerade die Vorspeise – ein Restchen
Hühnerhaut *en gelée*, wenn meine Erinnerung nicht
trügt – zu mir nehmen, als ich ein Grollen vernahm. Das
heißt, eigentlich klang es mehr wie ein Knurren. Auf jeden Fall eher feindselig als freundlich. Ich blickte auf
und sah mich der vorderen Hälfte eines Rüden gegenüber, der seine Wühlarbeit in der Abfalltonne unterbrach, um mich mit hochgezogenen Lefzen, gebleckten
Zähnen und aufgestelltem Nackenhaar zu fixieren – eine Sprenggranate auf vier Beinen, allzeit bereit, zum
Schutz von Heim und Herd zu explodieren.

Ich halte mir was darauf zugute, daß es mir nicht an Cou-
rage mangelt, besonders nicht, wenn der Widersacher
alt, schwach und erheblich kleiner ist als ich, was bei ihm
alles zutraf. So versuchte ich, ihn mit Mißachtung zu
strafen, während ich der Hühnerhaut den Garaus machte und mich schon auf ein ziemlich ansehnliches Stück
Käserinde zubewegte. Aber es ist, wie Sie sicher auch
schon festgestellt haben, gar nicht so leicht, eine Mahlzeit zu genießen, während einem irgendeiner mit er-
müdender Hartnäckigkeit irgendwas auf kürzeste Distanz ins Ohr winselt. Auf Dinnerpartys, an denen In-
vestmentbanker teilnehmen, soll manch einer ähnliche
Erfahrungen gemacht haben, höre ich. Sie werden das
besser beurteilen können als ich, aber offensichtlich stehen die alle unter dem Zwang, einen ständig zu bela-
bern. Und bei unserem Freund in der Mülltonne war's
genauso.

Dennoch, abgesehen von dieser kleinen Irritation ließ ich's mir nach Herzenslust gutgehen und sah nun auch das Problem, wo ich nächtigen sollte, in einem hoffnungsvolleren Licht.

Nach ein paar Minuten eingehender Erkundung zeichnete sich ein einigermaßen regelmäßiges Muster ab: Auf beiden Seiten der Straße, die aus dem Dorf herausführte, zweigten alle paar hundert Meter Wege ab, an deren Ende jeweils ein Haus lag. Und zu jedem schien ein Mülleimer zu gehören, ähnlich dem, den mein griesgrämiger Tischkumpan mit Beschlag belegt hatte. Den Gesetzen der Logik auf den Fersen, schlußfolgerte ich, daß alle diese Mülleimer eine genießbare Auswahl von diesem und jenem enthielten, vielleicht nichts, was einen veranlaßte, die Ohren aufzustellen, aber durchaus geeignet, Leib und Seele zusammenzuhalten. Außerdem waren sie unbewacht, und man kam problemlos dran. Schnüffeln bestätigte meine Theorie, und ich erinnere mich an eine gewisse Befriedigung bei der Feststellung, daß Gehirn und Nase zum Wohle des Magens so gut zusammenarbeiteten.

Der Sorge ums Frühstück am nächsten Morgen enthoben, wandte ich meine Aufmerksamkeit der Frage des Nachtquartiers zu, doch da stieß ich auf unerwartete Hindernisse. Gut und gern ein halbes Dutzend Gehöfte muß ich in Augenschein genommen haben, mit keiner höhergeschraubten Erwartung als der, mich für ein paar friedvolle Stunden in einem der Nebengebäude zusammenzurollen, aber wohin ich mich auch wandte, überall empfing mich eine Breitseite aus wüsten Drohungen, mehr allgemein gehaltenen Mißfallensäußerungen und sogar Hilferufen. Und diesmal waren es nicht einmal die

Menschen, die mich solchermaßen abblitzen ließen, nein, meinesgleichen war's. Zu jedem Anwesen gehörten mindestens zwei Hofhunde, und nach dem Theater, das sie veranstalteten, hätte man denken können, ich wolle das Familiensilber klauen.

Glücklicherweise lagen die meisten an der Kette oder waren angeseilt, fest verbunden mit irgendwas, was sich nicht so mir nichts, dir nichts wegzerren ließ. Dadurch war ihnen verwehrt, ihre Mordgelüste auszutoben, und mir die Möglichkeit eröffnet, sie vollends in ihre Schranken zu verweisen, indem ich – knapp außerhalb der Bißweite ihrer sabbernden Fänge – durch kurzes Anheben des Beins ihr Territorium mit meinem Duft markierte. So was, müssen Sie wissen, gilt in unseren Kreisen als schwerer Fauxpas – ungefähr so, als ob Sie abschätzige Bemerkungen über die geschmacklosen Gardinen Ihrer Nachbarn machen würden. Es brachte sie schlichtweg zur Raserei, und einer – ein widerwärtiger Muskelprotz mit überdimensionierten Raffzähnen – warf sich in seiner Gier, mir an die Gurgel zu fahren, mit solcher Wucht in die Kette, daß er sich irgendwas an den Stimmbändern abgerissen haben muß, jedenfalls hörte sich sein Gebell plötzlich wie Froschquaken an, und entsprechend belämmert sah er drein. Geschah ihm recht. Nur, meine hämische Schadenfreude brachte mich einem guten Nachtlager keinen Schritt näher. Ein langer, ereignis- und lehrreicher Tag lag hinter mir, und ich war müde genug, um bei der Frage, wohin ich mein Haupt betten könnte, nicht kompromißlos auf meinen Idealvorstellungen zu bestehen. Eine Bleibe, die nicht im Radius irgendwelcher Besen und Zähne lag – das wär's schon gewesen. Noch einmal drehte ich eine letzte

Runde um ein Haus, und als auch das wieder eine hysterische Sinfonie für Bellinstrumente und Heulbojen auslöste, verkroch ich mich für den Rest der Nacht ins Gebüsch am Waldrand.

Das romantische Bild vom Wald, wie auch Sie es wahrscheinlich kennen, ist das von einem lauschigen Plätzchen am Busen von Mutter Natur, an dem man in herzerquickender Stille friedlich und ungestört ausruhen kann. Sie sollten's mal ausprobieren, so wie ich das in den folgenden Wochen getan habe. Meine bleibende Erinnerung an den Wald ist der Lärm. Gleich in der Morgendämmerung der abscheuliche Chor krakeelender Vögel, tagsüber Nimrodjünger mit ihren Flinten, in den Stunden der Dunkelheit das unablässige Rascheln und Huschen irgendwelcher Nachttiere und die ganze Zeit über das nervtötende Geschrei der Eulen – eine Kakophonie, die punktgenau meine Vorstellung von den Zuständen in einem Tollhaus trifft. Ruhelos wälzt man sich herum, nur noch von dem Wunsch beseelt, nicht fortwährend aus dem Schlummer gerissen zu werden.

Es kam so weit, daß ich anfing, in regelmäßigen Intervallen das Dorf aufzusuchen, um mich ein wenig von dem Krach zu erholen. Solange ich auf gehörige Distanz zu dem Metzger und meinem anderen Sparringspartner in der *épicerie* blieb, konnte ich dort überall unbehelligt herumstrolchen. Der eine oder andere nicht völlig barbarische Dorfbewohner erkannte mich sogar nach einiger Zeit wieder und begrüßte mich mit freundschaftlichen Gesten. Die vermeintlich ausgestreckte Freundeshand zuckte jedoch, wie gehabt, im Nu zurück, sobald ich versuchte, flüchtige Begegnungen zu einer wie

auch immer gearteten dauerhaften Beziehung umzu-
funktionieren.

Und dann, als ich gerade anfing, das Vagabundenleben
tagsüber (von der Nacht gar nicht zu reden) immer weniger erquicklich zu finden, griff das Schicksal ein. Mei-
lenstein oder Wendepunkt? Oder vielleicht beides?
Nun, ich erzähle Ihnen einfach, was passierte, dann mögen Sie das selber entscheiden.

Ich war wieder mal auf dem Weg ins Dorf, und zwar nach
einer Nacht, in der sämtliche Eulen des Waldes beschlossen hatten, sich ausgerechnet meine kleine Schlaf-
ecke als Treffpunkt für irgendein Streitgespräch auszu-
suchen. Möglicherweise war's auch gerade ihre Paa-
rungszeit, das kann ich nicht so genau sagen, da ich weder mit den Nuancen ihres Radaus noch mit ihren Gelü-
sten besonders vertraut bin. Wie auch immer, es war jedenfalls eine schrille, schlaflose Nacht gewesen, und ich
fühlte mich, während ich die Straße entlangtrottete,
regelrecht ausgelaugt. Schlapp und hundeelend, hätte man sagen können, kaum noch der Schatten dessen,
was man sonst bei mir an Schwung und Esprit gewöhnt
ist.

Ich hörte ein Auto hinter mir und sprang in den
Straßengraben, um es vorbeizulassen. Aber es hielt an.

Die Dame am Steuer stieg aus, und ich konnte an ihrem
Verhalten augenblicklich ablesen, daß wir einander see-
lenverwandt waren. Statt nämlich von oben auf mich
herunterzublicken, ging sie in die Hocke, so daß unsere
Gesichter sich mehr oder weniger auf gleicher Höhe befanden. Das mag Ihnen als unbedeutende Kleinigkeit
erscheinen, aber einem Hund bedeutet es sehr viel –
Mitgefühl, das Bestreben, eine gemeinsame Kommuni-

kationsbasis zu schaffen und, nicht zu vergessen, unverkennbar gute Manieren. Sehen Sie's mal so: Wenn Sie ständig mit jemandem reden müßten, der Sie um etliche Haupteslängen überragt und konstant hochnäsig auf Sie herabschaut, wäre Ihnen das auch nicht sehr angenehm. Eine eklatante Verletzung der Höflichkeit, würden Sie sagen, und recht hätten Sie. So werden Sie verstehen, daß ich auf Madames Eröffnungszeremoniell mit lebhaftem Wedeln des Schwanzes, kleinen Entzückensschreien und einer artig auf ihrem Knie plazierten Pfote reagierte.

Etliche Minuten lang verharrten wir so in stummem Gedankenaustausch neben dem Straßengraben, und dann schien sie sich zu einer Entscheidung durchgerungen zu haben. Sie öffnete die Wagentür. Ich ließ die Ohren hängen, und mein Gemüt stürzte jäh in einen Abgrund, weil vorangegangene Erfahrungen mich gelehrt hatten, das

Mein Gemüt stürzte jäh in einen Abgrund

als Auftakt für einen eiligen Abschied zu deuten – mit der Folge, daß das Auto gen Sonnenuntergang verschwand und ich, alleingelassen, meine Wanderschaft genauso einsam wie zuvor fortsetzen mußte.

Aber diesmal nicht. Ich wurde eingeladen, einzusteigen. Nur zu gern folgte ich dem Wink und suchte mir so bescheiden wie möglich ein Plätzchen auf dem Wagenboden. Und nun stellen Sie sich mein Erstaunen vor – ganz zu schweigen von einer plötzlichen Anwandlung wiedererwachender Hoffnung –, als ich ermuntert wurde, mich auf dem Beifahrersitz niederzulassen, direkt neben meiner neuen besten Freundin.

Wir haben alle unsere spezielle Art, Begeisterung und Überschwang der Gefühle zu zeigen. Menschen machen Freudensprünge und schlagen sich, wenn sie's für angebracht halten, gegenseitig auf den Rücken, ich ziehe es vor, irgend etwas anzunagen. Nicht in aggressiver Weise, nein, Sie verstehen schon, nur, um meiner Zufriedenheit mit der Entwicklung der Dinge Ausdruck zu verleihen. Und so fing ich an, während der Fahrt – weg vom Dorf, die Straße zurück, bis ein von Weingärten gesäumter Pfad abzweigte – den Sicherheitsgurt zu bearbeiten, er hing nun mal so bequem nahe.

Der Pfad führte zu einem Haus, ähnlich dem einen oder anderen von jenen, die ich während der vergangenen Wochen näher in Augenschein genommen hatte, sogar das vertraute blutrünstige Gebell anderer Hunde fehlte nicht. Es gab deren zwei, die übrigens, wie ich vom sicheren Beifahrersitz aus feststelle, nicht mal angebunden waren. Es bedurfte einigen guten Zuredens durch Madame, mich zum Aussteigen zu bewegen, damit sie mich dem Willkommenskomitee vorstellen konnte. Zu meiner Erleichterung handelte es sich um zwei Hündinnen, ein struppiges altes Weibsbild, das entfernte Ähnlichkeit mit einem Jagdhund hatte, und eine schwarze Labradorlady, die auf einem Bein hinkte. Sie kamen mir ziemlich harmlos vor, und sobald wir die Formalitäten hinter uns hatten, trollten sie sich wieder, um sich im Garten niederzulassen.

Zu dieser Zeit wagte ich bereits anzunehmen, daß womöglich mehr als nur ein kurzer Besuch auf dem Programm stehen könnte. Madame hatte so einen versonnenen Blick, als sie mir ein paar Flusen des angekauten Sicherheitsgurts von den Barthaaren las, mich mit nach drinnen nahm und irgendwas von einem anderen Mitbewohner murmelte. Wenn's bloß kein Kater ist, erinnere ich mich, im stillen gedacht zu haben, oder ein mordlustiger Kerl in Stiefeln und mit einer Flinte über dem Buckel. Komisch, wie einem immer, wenn's ums Ganze geht, solche Gedanken in den Sinn kommen.

Es stellte sich heraus, daß es sich um die andere Hälfte des Managements handelte, unbewaffnet und barfuß, was schon mal beruhigend war, und überdies mit einem leicht gedankenverlorenen Blick. Wir tauschten ein paar Artigkeiten aus, aber ich merkte gleich, daß Madame und die andere Hälfte nicht ganz eines Sinnes waren, weil sie sich zu einem Tête-à-tête in die Ecke zurückzogen, was wiederum mir Gelegenheit gab, mich mit meiner Umgebung vertraut zu machen.

Ich verstehe mich nicht sonderlich darauf, Liegenschaften unter anderen Gesichtspunkten als denen meiner eigenen Bedürfnisse zu taxieren, und da schien mir das Anwesen maßgeschneidert zu sein – ein Garten vorn, einer hinten, die ungezähmte Wildnis in gebührendem Abstand hinter dem Haus. Teppiche auf dem Boden und wohin man auch kam, überall der Duft der beiden Hündinnen. Woraus ich folgerte, daß ihr Nachtlager nicht allzu hart sein konnte. Alles in allem sagte mir das sehr zu. Und wenn unter diesem Dach bereits zwei Hunde zu Hause waren, was machte es dann schon aus, wenn ein dritter dazukam?

Ich schlenderte zu der Ecke hinüber, in der das Management seine Konferenz abhielt, und stellte die Ohren auf. Offenbar drehte sich die Diskussion um zwei Punkte, bei denen Madame fest auf meiner Seite stand und die andere Hälfte zwischen Pro und Kontra schwankte. Ob drei Hunde zuviel wären? Und wenn nicht, ob und wie ich zu den beiden anderen paßte? Es wurde auch kurz der Gesichtspunkt erörtert, daß man eigentlich meinen früheren Besitzer ausfindig machen müsse, aber Madame tat diesen Einwand geschickt ab, indem sie mit ärgerlichem Unterton etwas über miserable Behandlung, Unterernährung und unzulängliche Unterbringung einfließen ließ. Sie fügte weitere (sehr persönliche) Anmerkungen hinzu – über meine Akne, darüber, daß man bei mir jede Rippe zählen könne, und über einen Zustand genereller Verwahrlosung. Immerhin, das Ganze mündete in den Appell, mir intensive Pflege und viel Zuwendung zukommen zu lassen. Das war Musik in meinen Ohren, ich ging zu ihr hin und schmiegte mich an ihr Bein, um ihr zu zeigen, daß sie meiner uneingeschränkten Unterstützung gewiß sein dürfe.

Am Schluß blieb sie Sieger – wie das meiner Beobachtung nach der Dame des Hauses immer gelingt –, und es herrschte Einvernehmen, daß ich für eine Probezeit bleiben dürfe. Nun, was das bedeutete, wußte ich. Wenn ich dafür sorgte, daß ich immer mit sauberer Nase herumlief, mich den beiden Hündinnen gegenüber einer gewissen Höflichkeit befleißigte und darauf achtete, der anderen Hälfte nicht in die Quere zu kommen, war ich aufgenommen.

Ich weiß noch, als wär's gestern gewesen, wie ich mich, vom Management von der Haustür aus aufmerksam beäugt, nach der ersten ordentlichen Mahlzeit, die ich seit Wochen zwischen den Zähnen hatte, im Gras wälzte. Die Sonne schien mir auf den Bauch, die Welt war im Lot – was für ein Augenblick!

Nächtliche Manöver und eine
Konfrontation mit der Hygiene

Der Rest des Tages bestätigte meine ersten Eindrücke, alles sah danach aus, daß ich auf die Füße gefallen war. Nachmittags unternahmen wir hinter dem Haus einen Spaziergang, und da fing ich an, den Wald mit anderen Augen zu sehen. Er hatte, sofern man ihn ausschließlich zum Zwecke der Erholung nutzte, durchaus seine guten Seiten – eine vorzügliche Auswahl an Bäumen, schreckhafte kleine Tierchen, die, wenn man sie ansprang, sofort Reißaus nahmen, und dichtes Unterholz, in dem es ständig verheißungsvoll knackte und raschelte. Irgendwo stieß ich sogar auf die überreifen sterblichen Überreste einer Taube, mit denen ich mich einige Minuten hingebungsvoll beschäftigte, besonders mit den schwer zugänglichen Stellen am unteren Nacken und hinter den Ohren. Alles in allem ein vergnügliches Plätzchen, der Wald, wenn man ihn nur vorübergehend aufsucht. Meinen Wohnsitz wollte ich natürlich hier nicht nehmen, aber das mußte ich ja nun auch nicht mehr.

Wir kehrten ins Haus zurück, es gab wieder etwas zu essen. An solchen Überfluß war ich nicht gewöhnt, und so war ich anschließend nur noch imstande, unter den Tisch zu wanken und Siesta zu halten, wobei ich die wohlgepolsterte Labradorlady als Kopfkissen benutzte.

Als ich wach wurde, war die Dämmerung hereingebrochen. Noch schlaftrunken, nahm ich allmählich wahr, daß das Management am Tisch in eine Unterhaltung vertieft war, im Flüsterton – zweifellos beglückwünschten sie sich gegenseitig dazu, daß eine glückliche Fügung mich in ihr Haus geführt hatte.

Meine gespitzten Ohren fingen dann freilich ganz anders geartete Gesprächsfetzen auf, die nichts Gutes ahnen ließen. Das Arrangement für meine Nachtruhe wurde erörtert, und es schien völlig unbegründete Vorbehalte dagegen zu geben, mich im Haus zu behalten. Ich glaube, das Aroma der verrotteten Taube, das mir um den Nacken und die Schultern hing, hatte etwas damit zu tun, und irgendeine Bemerkung zielte auch darauf ab, daß man mich nicht anbinden dürfe, damit ich, falls mir danach wäre, zu meinem früheren Besitzer zurückkehren könnte. Ich glaubte deutlich gemacht zu haben, daß ich recht zufrieden war und keinen Wert darauf legte, meine bequeme Domäne unter dem Tisch zu verlassen, aber mitunter entwickeln die Leute für so was bemerkenswert wenig Gespür. So wurde ich hinaus in die Nacht expediert und zu einem Miniaturhäuschen neben dem Haus geführt.

Ich räume ein, gemessen an dem, was ich gewöhnt war, war's ein Fortschritt – eine flauschige Decke, eine Schale mit Wasser, ein Biskuit als Betthupferl und ein paar Tätscheleien als Zeichen der Zuneigung und des guten Willens –, aber es war nun mal nicht im Haus. Und genau dort wollte ich, den Kopf auf die korpulente Labradorlady gebettet, so schlafen, wie es sich für ein Familienmitglied gebührt.

Aber diese Nacht war irgendwie nicht meine Nacht, und

als im Haus die Lichter ausgingen, lag ich in meinem bescheidenen Holzkasten und starrte durch die offene Tür in den Sternenhimmel. Ich sann, wie man's in solchen Augenblicken tut, über die verblüffenden Wendungen nach, die das Leben nehmen kann. Eben noch oben, eine Minuten später ganz unten. So nah und doch so fern. Der bunte Teppich, den uns das Leben aus unseren Erfahrungen webt. Und was es sonst an derlei Sinnsprüchen gibt. Ich fragte mich, was wohl Proust unter vergleichbaren Umständen getan hätte. Nach der Mama schreien, vermute ich. Aber natürlich hätte er gar nicht in einem Anbau genächtigt. Er pflegte, soweit mir bekannt ist, immer im Haupthaus zu schlafen.

Es schien mir den Versuch wert, einige Male jämmerlich zu jaulen, abgerundet durch ein schluchzend ersterbendes Schlußvibrato, und ich war gespannt, ob wohl die Lichter angingen. Und siehe da, sie gingen an, und aus dem Haus trat das Management, voller Sorge, daß mich womöglich eine militante Feldmaus angefallen hätte. Als sie mich unversehrt vorfanden und überdies willens, ihnen bei Fuß ins Hausinnere zu folgen, war ihr Mitleid rasch verflogen. Zwei Herzen aus Stein, in Morgenmäntel gehüllt, überantworteten mich der Stätte meiner Einsamkeit. Und so lag ich nun in der Hundehütte und dachte, bis der Schlummer mich übermannte, darüber nach, wie ich sie wohl davon überzeugen könnte, daß sie die Sache ganz falsch angingen.

Kennen Sie das, wenn man über einem Problem einschläft? Das Unterbewußtsein leistet Nachtschicht, findet keine Ruhe bis in die Stunden hinein, die eigentlich schon dem neuen Tag gehören, und im Morgengrauen – *voilà!* – präsentiert sich dann ganz von selbst die Lö-

Zwei Herzen aus Stein, in Morgenmänteln gehüllt

sung. Genauso ist es mir ergangen; ich erwachte mit einem Plan.

Der Fehler, der mir unterlaufen war, lag offensichtlich darin, daß ich die menschliche Intelligenz überschätzt hatte. Im großen ganzen gesehen, kann man der Spezies gewisse Errungenschaften nicht absprechen, so zum Beispiel die Erfindung der Lammkoteletts und der Zentralheizung, aber viele Menschen zeigen sich, wenn es um Nuancen geht, in befremdlicher Weise abgestumpft. Der zarte Fingerzeig, die diplomatische Andeutung, der stumme Seitenblick – all diese diskreten Bemühungen tragen oft keine Früchte, und das Ende vom Lied ist, daß Mensch und Hund einander durch den Nebel der Verständnislosigkeit anstarren. So war es mit dem Management und mir. Im Grunde freundliche Leute, allem Anschein nach aber nicht von übermäßig rascher Auffassungsgabe. Deutlichere Signale mußten gesetzt werden, wobei es sich bei der Durchführung äußersten Fingerspitzengefühls bedurfte. Manchmal fällt einer mit der Tür ins Haus, und das endet dann mit Tränen. Ein Bullterrier zum Beispiel, den ich gut kannte, mußte diese Erfahrung machen, weil er sich von niemandem geliebt glaubte und in seiner Verzweiflung anfing, die Möbel anzuknabbern. Nein, Finesse war das Gebot der Stunde, und ich denke, Sie werden mir recht geben, daß mein Vorgehen geradezu als Musterbeispiel für List und Charme gelten kann.

Als ich aus meinem Boudoir auftauchte, hing ein betörend knuspriger Duft in der Luft, die Brise war gerade stark genug, mir die Vielfalt nachbarlicher Wohlgerüche in die Nase zu wehen. Auf dem östlich angrenzenden Grundstück machte ich andere Hunde aus, dazu gesellte sich der unwiderstehliche Geruch lebender Hühner. Ich merkte mir vor, ihnen einen Besuch abzustatten, sobald das Problem der häuslichen Unterbringung gelöst war. Sehen Sie, das Huhn als solches ist eine glückliche Kombination aus Sportgerät und frei herumlaufendem Nahrungsmittel. Wenn man es jagt, fängt es auf überaus unterhaltsame Weise an zu flattern und zu gackern, und es ist, wenn man sich durch die Federn gewühlt hat, überdies recht schmackhaft. Sehr nützlich, was man keineswegs von allen Vögeln sagen kann.

Gerüstet mit einem fertig entwickelten Plan, rückte ich auf das Haus vor. Drinnen blieb, als ich das Ohr an die Tür legte, alles still, die Rolläden waren heruntergelassen, keine Anzeichen irgendwelcher Aktivitäten. Die

Möglichkeit lauten Gebells hatte ich zugunsten anderer, weniger konventioneller Methoden ausgeschieden, und so fing ich an, unten an der Tür herumzukratzen. Es dauerte ein paar Minuten, aber schließlich gelang es mir, die beiden Hündinnen aufzuwecken, denen es ohnehin gut zu Gesicht gestanden hätte, um diese Stunde – schließlich war es schon nach Morgengrauen – auf den Beinen zu sein. Und prompt reckten sie die Köpfe und fingen in ausgefeiltem Stil zu jaulen an – womit sie genau das taten, was ich wollte. Denn nun würde sich der Zorn des Managements über ihnen entladen: sie waren es gewesen, die die beiden aus dem Schlaf gerissen hatten, wohingegen ich mit versiegelten Lippen lammfromm vor der Haustür sitzen würde, treu wie Gold und stumm wie ein Karpfen.

Kurz darauf wurde die Tür geöffnet, die beiden alten Mädels kamen in höchster Aufregung herausgesaust, gefolgt vom Management. Madame und die andere Hälfte rieben sich verschlafen die Augen und blinzelten in die Morgensonne. Schritt eins erfolgreich abgeschlossen. Sobald ich mir ihrer ungeteilten Aufmerksamkeit sicher war, holte ich die Decke aus meiner Hundehütte und legte sie, die Gunst des Augenblicks nutzend, schon mal unter der Haustür zurecht. So, sagte ich mir, wenn bei derart unmißverständlichen Zeichen einer nicht kapiert, daß es mein Wunsch ist, die Schwelle zu überschreiten, dann weiß ich auch nicht mehr weiter. Um aber ganz sicher zu gehen, scharwenzelte ich anmutig auf Madame zu, nahm sanft ihr Handgelenk zwischen die Zähne und zog sie ins Haus, wobei ich unterwegs begütigende kleine Laute von mir gab. Ich ließ ihr Handgelenk los, nahm unter dem Tisch die klassische Sitzposition des artigen, wohlerzogenen Hundes ein – Rücken durchgedrückt, Pfoten nebeneinander, Kopf leicht seitlich geneigt – und wartete darauf, daß meine Bemühungen sich auszahlten.

Beide gingen vor mir in die Hocke, und ich bedachte sie mit einer neuerlichen Serenade aus Fieplauten. Sie waren drauf und dran, dahinzuschmelzen, das sah ich ihnen an, aber plötzlich rümpfte Madame die Nase, und dann gebrauchte sie ein Wort, das mir damals nichts sagte: *toilettage.* Nun, nach meinem zu jener Zeit noch begrenzten Wissensstand hätte das ebensogut ein exotisches Frühstücksmüsli wie der Vorname ihrer Schwiegermutter sein können, also blieb ich einfach in straffer Haltung sitzen und mimte nach besten Kräften erwartungsvolle Verzückung. Gemessen an der Erfahrung, die ich damit machte, wäre ich sicher besser beraten gewesen, wenn ich ein wenig auf Distanz geachtet hätte, bis

Plötzlich rümpfte Madame die Nase

70

der impertinente Geruch der toten Taube verflogen war, aber hinterher sind wir eben alle schlauer.

Was letztlich zählte, war der Umstand, daß sowohl die Decke wie auch ich selbst im Haus bleiben durften – immerhin ein gewaltiger Schritt vorwärts. Geschäftig wuselte ich, während das Frühstück zubereitet und eingenommen wurde, mit den beiden Mädels in der Küche herum, und ich war mir noch nicht schlüssig geworden, ob ich in mein Refugium unter dem Tisch zurückkehren oder einen kleinen Ausflug in den Garten riskieren sollte, als ich raus zum Wagen gewinkt wurde. So wie's aussah, wollten die andere Hälfte und ich zu einer Erkundungsreise aufbrechen.

Wir erreichten ein Dorf, an das ich mich von meinen Wanderungen vage erinnern konnte, und hielten vor einem Haus, dem – selbst aus einiger Entfernung – der unverwechselbare, strenge, keineswegs anziehende Geruch von Desinfektionsmitteln anhaftete. Das wurde, als wir reinkamen, noch schlimmer, so daß ich mich instinktiv mit den Hinterbeinen abstemmte und innerlich bereits auf Rückzug gepolt war, als ich hinten und vorn von zwei resoluten jungen Frauen gepackt, in ein Schreckenskabinett geschleppt und mit Haut und Haaren in einen Badebottich gesteckt wurde.

Ein traumatisches Erlebnis – anders kann ich die anschließenden Ereignisse nicht beschreiben. Von Unmengen Wasser aufgeweicht, mit Seife vollgeschmiert, abgespült, noch mal eingeseift und wieder gespült – und das war lediglich die Ouvertüre. Danach folgten die schier endlose Tortur mit einem Rasenmäher in Miniaturformat und der mittels einer Schere geführte Angriff auf Leib und Leben, in dessen Verlauf mir an den Oh-

71

ren, am Bart, am Schwanz und an anderen empfindlichen Stellen herumgeschnippelt wurde. Der Gipfel der Erniedrigung war, daß ich mit einem Puder eingestäubt wurde, dessen Duftnote ich irgendwo in der Mitte zwischen »Ein Abend in Paris« und Unkrautvernichter ansiedeln würde.

Nackt, parfümiert und zutiefst peinlich berührt, wurde ich schließlich in den Raum verfrachtet, in dem die andere Hälfte meiner Rückkehr harrte. Ich erinnere mich noch, daß sich dort unter anderem auch ein Pudel aufhielt, der aus Frauchens Handtasche zu mir herunterblickte und mich auf die widerliche Art derer angrinste, die sich so etwas nur herausnehmen, wenn sie genau wissen, daß man ihnen nicht an den Kragen gehen kann. Wart's nur ab, dachte ich, wenn sie mit dir fertig sind, bist du nur noch ein jämmerliches Kläffen auf vier Beinen. Wie Sie sicher schon merken, habe ich für Pudel nicht allzuviel übrig, aber eines gewissen Mitgefühls konnte ich mich dennoch nicht erwehren. Ich lege allerdings Wert auf die Feststellung, daß es sich dabei um eine Anwandlung von nur sehr vorübergehender Natur gehandelt hat.

Das also verstand man unter *toilettage*, und soweit ich etwas damit zu tun habe, können Sie das getrost in einen Topf werfen mit Hundezwingern, Dressurkursen, rektalen Temperaturmessungen und *par ordre de mufti* auferlegtem Zölibat. Samt und sonders Dinge, die zu den großen Irrtümern der Menschheit zählen.

Aber die nächste Überraschung folgte auf dem Fuße. Ich wurde nach Hause gefahren und dort empfangen, als hätte ich einen Sechser im Lotto gewonnen, mit Zusatzzahl – Biskuits, endloses Getätschel, Entzückungs-

schreie und Bewunderungsrufe, Fotos, des Helden
Heimkehr mit Pauken und Trompeten. Ein eher irritie-
rendes Zeremoniell, fand ich, schließlich war's nur einmal Schamponieren mit Rasur gewesen, wenn auch
äußerst unangenehm. Fand etwa im Badezimmer des
Managements allmorgendlich nach der Waschung auch
so eine Demonstration überschwenglicher Begeisterung
statt? Ganz ausschließen würde ich's nicht. Irgendwie
haben sie eine merkwürdige Schwäche für Hygiene.
Das Finale dieses Vormittags hätte mich beinahe zu Tränen gerührt. Die andere Hälfte ging noch mal zum Wagen, schleppte einen kreisrunden Korb an und stellte
ihn in der Küche ab. Und in diesen Korb legten sie meine Decke. Da dämmerte es mir: Ich hatte die grauen-
hafte Prozedur nicht umsonst ertragen, sie war die Ein-
trittskarte zu den Freuden eines Hundes mit Familienanschluß. Ich nahm jetzt die Position eines etablierten
Mitbewohners ein und hatte das Recht erworben, das
Anwesen gegen vorbeihuschende Eidechsen zu verteidigen und auch in vergleichbaren Gefahrensituationen
nach eigenem Ermessen Gebell anzustimmen. Schluß
mit dem Dasein eines Hungerleiders am Rande des Exi-
stenzminimums, aus und vorbei mit Stiefeltritten in die
Rippen. Ein mit Privilegien gespicktes Leben stand mir
bevor – *luxe et volupté.*
Eine Erkenntnis, bei der mir schwindelig wurde. Ich erwog den Gedanken, mich zur Feier des Tages heimlich
mit den Überresten der toten Taube zu beschäftigen,
um den mir anhaftenden lästigen Geruch nach Rein-
lichkeit loszuwerden, kam dann jedoch zu dem Schluß,
daß ich davon Abstand nehmen sollte. Wenn es dem Management nun mal lieber war, mich in hygienisch ein-

wandfreiem Zustand um sich zu haben, dann blieb ich eben, wie ich war. Jedenfalls wenigstens bis morgen. Tote Tauben werden von Tag zu Tag verlockender.

Die Namensfindung

*E*inen Hund zu taufen ist gar nicht so einfach, wie Sie es sich vielleicht vorstellen, ich habe da so meine Erfahrungen gemacht. Namen hängen einem ein Leben lang an, und es können die schrecklichsten Fehler begangen werden, meistens dann, wenn einer besonders humorig sein will. Ich denke oft voller Mitgefühl an zwei, die ich gut kenne, eine Mopshündin, die auf den Namen Gertrude Stein hört, und einen Chihuahua, der Raffzahn gerufen wird. Ohne Zweifel überaus witzig für das menschliche Ohr, aber ein tägliches Ärgernis für den Hund, der damit leben muß. Es ist kein Vergnügen, als Zielscheibe allgemeinen Spotts durchs Leben zu gehen. Dauernd wird mit dem Finger auf einen gezeigt, und alle naslang grinst jemand dreckig.

Da hat jemand plötzlich einen – wie er findet: lustigen – Einfall, läßt sich davon mitreißen und denkt überhaupt nicht daran, welche Wunden er einer Hundeseele damit schlägt. Bei Raffzahn kam es, nachdem er lange stumm gelitten und das unablässige Gekichere ertragen hatte, schließlich so weit, daß er zum Einsiedler wurde. Er gewöhnte sich an, tagsüber unter das Bett zu kriechen, und tauchte nur wieder auf, wenn die Natur ihr Recht forderte oder der Fußknöchel seines Herrn in bequemer Bißnähe war.

Glücklicherweise schien sich das Management von

durchaus vernünftigen Gesichtspunkten leiten zu lassen, als sie Überlegungen dazu anstellten, welcher Name zu mir passen könnte. Ich lag an jenem schicksalsträchtigen Morgen auf der Terrasse und ließ mir von Madame den Bauch massieren, während sie und die andere Hälfte Vorschläge austauschten. Ich selbst griff nicht aktiv in den Prozeß der Entscheidungsfindung ein, war aber immerhin so daran interessiert, daß ich wach blieb. Bislang war ich immer nur mit Grunzlauten, Schlägen und Fluchen angeredet worden, und so dachte ich, einen richtigen Namen zu haben, der nur mir gehörte, wäre doch mal was Neues.

Die Frage, wie lang er sein dürfte, hatte sich mir zum Beispiel noch nie gestellt, bis ich hörte, wie die andere Hälfte für einen einsilbigen Namen plädierte. Den könne ein Hund über eine längere Distanz leichter aufnehmen, sagte er, und er wäre auch für die menschliche Stimme besser zu artikulieren. Stellen Sie sich doch mal vor, Sie müßten, während gerade jaulend ein Sturm tobt, Beauregard oder Aristoteles rufen. Da bleibt Ihnen glatt die Luft weg. Und im übrigen, fuhr er fort, würden lange Namen für den täglichen Gebrauch sowieso abgekürzt. »Erinnerst du dich an Vercingetorix d'Avignon den Dritten – den preisgekrönten Beagle? Er wurde immer nur Fred gerufen.«

Madame redete in ihrer unvergleichlich sanften Art mit gurrender Stimme auf mich ein und sagte mir ein ums andere Mal, was für ein braver Junge ich doch sei, und ich antwortete mit Schwanzwedeln und artig erhobener Pfote, und dann unterbrach sie auf einmal die karitativen Bemühungen um meinen Bauch und beugte sich zu mir herunter.

Ein Name, der nur mir gehörte

»Boy?« fragte sie. »Boy?«

Nun, ihren Mann meinte sie offenkundig nicht, bei dem
waren die Zeiten, in denen er so apostrophiert wurde,
längst im Dunkel der Geschichte versunken, und so richtete ich den Schwanz steil auf und nickte ihr zu, wie
sich's gehört, wenn man angesprochen wird. Das schien
die gewünschte Wirkung zu haben.

»Siehst du«, sagte Madame, »das gefällt ihm. Wir nennen ihn Boy.«

Um rückhaltlos ehrlich zu sein, wäre es mir zu jener Zeit
schnurzpiepegal gewesen. Ich hätte auf Heathcliff oder
Caesar Augustus oder Mitterrand reagiert, wenn nur eine warme Mahlzeit, ordentliche Behandlung und eine
Bauchmassage dabei herausgesprungen wären. Aber

das Management schien höchst zufrieden mit seiner Wahl zu sein, und so heiße ich eben seither Boy. Ich bin ihnen wirklich dankbar dafür. Es ist ein ehrlicher Name, schön kurz und praktisch. Irgendwie klingt er nach einem Dachshund der gehobenen Kategorie, finden Sie nicht?

Eine wohlausgewogene Erziehung

In jenen frühen Tagen war ich ein Diamant im Rohzustand, bei dem es, wenn er auch zu den schönsten Hoffnungen Anlaß gab, in puncto gesellschaftlichen Manieren noch haperte. So hatte ich zum Beispiel nie zuvor aus einem Napf gegessen. Wenn es um natürliche Körperfunktionen ging, neigte ich zu einer Unbekümmertheit, auf die das Management hin und wieder mit erhobenen Augenbrauen reagierte. Ich war nicht daran gewöhnt, vorsichtig um Möbel aller Art herumzukurven. Die Welt der Gastronomie war für mich ein Buch mit sieben Siegeln. Und mit Leuten, mit denen mein Management geschäftlich zu tun hatte, kannte ich mich so gut wie überhaupt nicht aus. Mit anderen Worten, es mangelte mir an Schliff. Was wahrlich kaum verwunderlich ist, wenn man bedenkt, daß ich die ersten Monate meines Lebens in einsamer Abgeschiedenheit verbracht hatte, hin und wieder auf- und heimgesucht durch einen Mann, dessen Vorstellungen vom *savoir-faire* sich darin erschöpften, daß er, ehe er zu Bett ging, die Stiefel auszog.

Es liegt mir fern, mich mit Tiraden über meine bescheidene Herkunft aufzuhalten, ich will lediglich zum Ausdruck bringen, daß ich dadurch in keiner Weise auf mein neues Leben mit drei geregelten Mahlzeiten, hygienischen Benimmregeln und die Notwendigkeit einer

Ich hatte eine Menge zu lernen

harmonischen Koexistenz mit zwei alten Hundedamen
vorbereitet war. Ich hatte eine Menge zu lernen.
Glücklicherweise war ich schon damals mit der Gabe eines scharfen Beobachtungsvermögens ausgestattet. Die
Welt ist voll von denen, die überall hinsehen und trotzdem nichts kapieren. Irische Setter fallen mir in diesem
Zusammenhang ein, und dasselbe habe ich auch über
Leute an Behördenschaltern sagen hören, obwohl ich
da mangels persönlicher Begegnungen nicht mitreden
kann. Ich aber sehe nicht nur hin. Ich beobachte aufmerksam. Ich beschäftige mich mit den Dingen. Ich
nehme wahr, was ringsum geschieht, und wäge es im
Geiste ab. Ich halte mir was darauf zugute, unaufhörlich
Verhaltensforschung zu betreiben. Ameisen, Eidechsen,
andere Hunde, Leute – sie alle faszinieren mich, ich stu-
diere ihre kleinen Eigenheiten und Rituale, und das hat
mir zu den Eigenschaften verholfen, deren ich mich
heute rühmen darf: wohlinformiert zu sein, geistig ge-
schult, weltgewandt – und so weiter.

Um damit zu beginnen: Besondere Aufmerksamkeit widmete ich meinen beiden Mitbewohnerinnen, als da sind: die Labradorlady in ihrem Outfit aus staubschwarzem Kurzhaar und unsere Alterspräsidentin, die mehr wandelnder Zottelteppich ist als Hund, wenn auch manche Leute – allerdings solche, deren Urteilsvermögen äußerst zweifelhaft erscheint – behaupten, sie sähe mir entfernt ähnlich. Die beiden Mädels, sagte ich mir, hatten etliche Jahre damit verbracht, sich sämtliche Kniffe anzueignen, und wenn ich mich, soweit es um Routineabläufe und allgemeine Anstandsregeln ging, an ihnen orientierte, würde ich mir im Nu alles abgucken, was man als Hund mit Familienanschluß wissen muß, beim Management einen hervorragenden Eindruck machen und alsbald die mir zustehende Position des Klassenprimus einnehmen.

Haben Sie je versucht, mit zwei weiblichen Wesen in fortgeschrittenem Alter zusammenzuleben, deren Alltagstrott in festgefahrenen Gleisen abläuft? Wahrscheinlich nicht, und ich würde das an Ihrer Stelle auch nicht bedauern. Die nörgeln an allem herum und neigen, selbst wenn's um höchst belanglose Dinge geht, zu zänkischem Verhalten. Um Ihnen ein Beispiel zu liefern, führe ich einen Vorfall an, der sich kurz nach meiner Ankunft ereignet und mich dazu gezwungen hat, eine Woche lang das Bein nachzuziehen.

Ich habe Ihnen erzählt, daß ich bis dato nie aus einem Napf gegessen hatte. Dabei muß man einen speziellen Trick draufhaben, denn wenn man's eilig hat, an seine Portion ranzukommen, gerät man leicht in Versuchung, zu tief in den Napf einzutauchen, und je gieriger man zu schlingen anfängt, desto leichter rutscht einem das

Blechding weg. Inzwischen habe ich den Bogen raus, ich schiebe den Napf in eine Ecke, wo er einem nicht abhauen kann, aber zu jener Zeit bestand meine Technik noch darin, eine Pfote in die Schale zu stemmen, so daß sie quasi auf dem Fußboden festgenagelt war. Ich sollte außerdem noch erwähnen, daß ich nicht zu jenen unkonzentrierten Essern gehöre, die zwischen zwei Happen ausgedehnte Spaziergänge unternehmen. Bei mir wird gegessen, bis der Napf leer ist, was meiner Meinung nach sinnvoll ist und sich so gehört. Daß ich mich außerdem der Nahrungsaufnahme mit Genuß hinzugeben pflege, mag der eine oder andere ungezügelte Freßgier nennen, aber Sie müssen bedenken, daß ich in frühester Jugend am Hungertuch genagt habe.

Wie auch immer, ich hatte gespeist und leckte mir gerade die Reste von der Pfote, als ich bemerkte, daß der Napf neben meinem unbeachtet und halbvoll herumstand. Da mir jedwede Art von Verschwendung zuwider ist, plazierte ich die Pfote in der benachbarten Schüssel und wollte mich gerade über deren Inhalt hermachen, als die Alterspräsidentin von ihrer trauten Zweisamkeit mit der Natur zurückkehrte, mich dabei ertappte, daß ich wegputzen wollte, was sie vermeintlich verschmäht hatte, und mich ins Bein biß, übrigens verblüffend kräftig. Durch wütendes Knurren und gefletschte Zähne veranlaßte sie mich, in die klassische Rolle des Klügeren, der nachgibt, zu schlüpfen und eilends auf drei Beinen wegzuhoppeln. Damit waren meine Sympathien für die Frauenbewegung, soweit ich solche gehegt hatte, erloschen. Das schwache Geschlecht ist sehr wohl in der Lage, seine Belange selbst wahrzunehmen – eine These, deren Richtigkeit ich anhand meiner Narben nachweisen kann.

84

Aber mal abgesehen davon, daß sie mit ihrem Essen ein wenig heikel waren, kamen meine Hausgenossinnen mir hinlänglich gutmütig vor, und sie waren mir als Orientierungshilfe bei meiner Gratwanderung durch die Klippen und über die Stolperfallen des häuslichen Lebens eine große Hilfe. Hier nun einige Lektionen, die ich zu lernen hatte:

Anbellen darf man Nachbarhunde, falls sie sich auf fremdes Terrain verirrt haben, den Mann, der einmal im Monat auftaucht und dem Management ein Abonnement für eine Yogazeitschrift andrehen will, und Fremde, die sich vor dem Gartentor herumtreiben. Nicht anbellen darf man das klingelnde Telefon, den Elektriker, auf den das Management schon dringend wartet, oder einen Tausendfüßler, den man morgens um drei im Schlafkorb entdeckt. Knurren oder gefletschte Zähne rufen Stirnrunzeln hervor, desgleichen größere Ausschachtungsarbeiten in Blumenbeeten, das Stöbern nach Knochen in den Handtaschen irgendwelcher Besucher und das Herumtollen auf der Couch.

Einem Wind freien Lauf zu lassen – worin sich, um der Wahrheit die Ehre zu geben, vor allem unsere Labradorlady hervortat –, gilt als sehr unfein. Wenn man in diesem Punkt erst mal einen schlechten Ruf weghat, läuft man unglücklicherweise Gefahr, jedesmal automatisch in Verdacht zu geraten, mitunter zu Unrecht. Ich erinnere mich an einen Winterabend, im Kamin knackten anheimelnd die Holzscheite, Freunde des Hauses saßen rund um den festlich gedeckten Eßtisch, wir drei Hunde waren, während neckisches Geplauder hin und her wogte, weitgehend uns selbst überlassen, als plötzlich die Atmosphäre allgemeinen Wohlbehagens jäh durch ein wahres Torpedo zerstört wurde, möglicherweise die Folge von zuviel fettem Käse. Die akustische Bereicherung des Abends war beim besten Willen nicht zu ignorieren, die Unterhaltung erstarb, jeder hielt sogleich nach dem Schuldigen Ausschau.

Nun, ich hielt mich zufällig in der Nähe des Übeltäters auf (ein kleiner, zappeliger Typ, hatte irgendwas mit Journalismus zu tun). Aber glauben Sie etwa, er hätte versucht, sich wenigstens andeutungsweise zu seiner Urheberschaft zu bekennen? Natürlich nicht. Mit gewiefter Dreistigkeit, die er sich, da gehe ich jede Wette ein, bei zahlreichen ähnlichen Entgleisungen antrainiert hatte, griff er nach seinem Weinglas, winkte kurz in Richtung der Labradorlady und schnarrte: »Wache, nehmen Sie diesen Hund unter Arrest!« Das arme alte Mädchen flüchtete in die Nacht – ein Opfer ihres schlechten Rufs.

Es wäre mir nicht recht, wenn Sie auf den Gedanken kämen, meine häusliche Erziehung habe sich darauf beschränkt, alles zu vermeiden, was Mißfallen erregen konnte. Gestützt auf meine Beobachtungen und die Befähigung, richtige Schlüsse aus ihnen zu ziehen, unternahm ich darüber hinaus einige Anstrengungen, um mich beim Management einzuschmeicheln und dadurch sozusagen ein Guthabenkonto an Wohlwollen anzusammeln, von dem ich nötigenfalls – es kann ja, wie wir alle wissen, immer mal zu unerfreulichen Zwischenfällen und Mißverständnissen kommen – zehren konnte. Der Mensch ist empfänglich für spontane Zeichen der Zuneigung. Die Bandbreite der Möglichkeiten reicht von der überrumpelnden Kopf-aufs-Knie-Pose, verbunden mit schmachtenden Blicken, über die morgendliche Begrüßung mit dem Schwanz in Habachtstellung

Der Mensch ist empfänglich
für spontane Zeichen der Zuneigung

bis zu subtileren Zeichen der Zufriedenheit, des Ver-
trauens, der Treue und des Wunsches, sich lieb Kind zu
machen. So kommt beispielsweise stets Freude auf,
wenn man irgendwelche Kostbarkeiten anschleppt und
abliefert. Um einen Fauxpas meinerseits – nichts Wich-
tiges, nur eine Kleinigkeit – wettzumachen, habe ich
zum Beispiel nach reiflicher Überlegung eines Tages die
sterblichen Überreste einer Maus, die bis zur letzten Reife eigentlich noch ein paar Tage gebraucht hätte, wieder
ausgegraben und Madame zu Füßen gelegt, als sie gerade in der Küche eine Mayonnaise anrührte. Sie war von
Dankbarkeit überwältigt – ich glaube jedenfalls, daß es
Dankbarkeit war –, rief die andere Hälfte dazu, und
dann standen sie beide da und begafften mit allen Anzeichen der Bewunderung die tote Maus. Herzergrei-
fend, wirklich, und allemal die kleine Mühe wert, die ich

mir gemacht hatte, zumal mir alles, was vorangegangen war, augenblicklich vergeben wurde. Ähnliche Dankbarkeit erntete ich jedesmal, wenn ich etwas anbrachte, das ihnen irgendwie wertvoll war – Kissen, Hüte, verlegte Flugtickets und Dessous, die irgendein besuchsweise angereistes weibliches Wesen im Gästezimmer vergessen hatte, ein Buch, das Madame und die andere Hälfte besonders mochten, dringende Faxe, die für Fremde bestimmt waren, oder die hintere Hälfte einer Ringelnatter. Die Art des Geschenks spielte dabei keine Rolle, was zählte, war der Umstand, daß ich mich der Mühe unterzog, ihre Anliegen zu den meinen zu machen.

Ich bin, wenn dabei Vorteile für mich herausspringen, ziemlich schnell von Begriff, und so dauerte es nicht lange, bis ich die Routine des Alltags beherrschte und meine Aufmerksamkeit darauf richten konnte, die Spielregeln für den Umgang mit der Außenwelt zu lernen. Hierbei mußte ich mich natürlich mehr auf das Management stützen, und es ist daher vielleicht angebracht, wenn ich an dieser Stelle eine kurze Charakterskizze von Madame und der anderen Hälfte einflechte. Sie unterscheiden sich, habe ich festgestellt, von anderen Paaren dadurch, daß sie beide zu Hause bleiben. Normalerweise, höre ich, brechen die Leute kurz nach dem Frühstück übellaunig auf und gehen zur Arbeit. Sie haben Büros, in denen sie wichtige und ernsthafte Aktivitäten entwickeln – Besprechungen und Schreibkram und was eben sonst noch anfällt. Dergleichen ist *chez nous* nicht der Brauch, bei uns machen alle einen großen Bogen um ehrliche Arbeit, und ich frage mich mitunter, warum. Madame scheint ihr Metier perfekt zu beherrschen, besonders in der Küche, und man sollte meinen, daß sie durch eine geregelte Tätigkeit in einer Kantine nicht überfordert wäre.

Die andere Hälfte ist indessen leider nicht mit irgendwelchen erkennbaren Begabungen gesegnet. Ich hatte über Jahre Gelegenheit, seine Bemühungen bei der Gartenarbeit und bei kleineren Verrichtungen im Haus zu beobachten, die gewöhnlich mit Schmerzen oder Blutvergießen enden. Blessuren, die er beim Umgang mit dem Schraubenzieher, dem Spaten oder der Heckenschere davonträgt, verbrühte Finger vom Hantieren mit Küchenutensilien, gebrochene Zehen, weil ihm irgendwas Schweres aus der Hand gerutscht ist, und vorübergehende Erblindung infolge mangelnden Zielvermögens beim Gebrauch von Rosenspray – um nur einige der Mißgeschicke zu nennen, die ihn im Laufe der Zeit ereilten. Man kann ihn, abgesehen vom Umgang mit dem Korkenzieher, wirklich nicht geschickt nennen. Nun ließe sich ja sogar diese kümmerliche Fähigkeit kommerziell nutzen – schließlich braucht jede Bar einen Keeper –, aber er zeigt eben keinerlei Neigung, überhaupt einem Broterwerb nachzugehen; vielmehr zieht er es vor, sich stundenlang in seinem Zimmer abzuschotten, Bleistifte zu spitzen und die Wände anzustarren. Ziemlich verschroben, wenn Sie mich fragen.

Dennoch scheinen sie glücklich zu sein, und mir paßt es so, wie es ist, gut in den Kram. Ich mag den Umgang mit Menschen, sie haben durchaus die eine oder andere Eigenschaft, die mit vielem versöhnt. Sie sind pünktlich mit dem Essen, lieben Frischluft und sportliche Betätigung und sind sehr bedacht auf mein körperliches Wohlbefinden. Für meinen Geschmack machen sie ein bißchen zuviel Aufhebens mit der Hygiene, aber wir haben eben alle – oder sagen wir: fast alle – unsere kleinen Fehler. Hinsichtlich der allgemeinen Fürsorge und Aufmerksamkeit habe ich jedenfalls keine schwerwiegenden Beanstandungen vorzubringen. Was von Zeit zu Zeit ein bißchen aufreibend ist, ist ihr Unvermögen, sich auf eine klare Linie darüber zu einigen, wie ihr gesellschaftliches Leben ablaufen soll.

Sie behaupten, und zwar laut und wiederholt, ein ruhiges Leben ginge ihnen über alles – einfach so einen Tag an den anderen zu reihen, die Schönheiten der Landschaft zu genießen und, mit einem Schlummertrunk versehen, in die Falle zu kriechen, bald nachdem der Sonne goldene Scheibe langsam im Westen versunken ist (Originalton Management, nicht meine Formulierung). Was für ein blödsinniger Selbstbetrug. Gemessen an ihrer illusionären Wunschvorstellung, nur einen Schritt von einem Eremitendasein im Wald entfernt zu sein, sind sie schmähliche Versager. Ich kann mich nicht erinnern, wann das Haus das letzte Mal leer gewesen wäre. Wenn's nicht die Nachbarn sind oder die Männer, die anscheinend permanent irgendwas mit dem Zementmixer zu erledigen haben, dann ist es eine Deputation irgendwelcher politischer Flüchtlinge aus Übersee – ein lärmendes und – verallgemeinernd gesagt – wenig reputierliches Völkchen, mit einer ausgeprägten Neigung für harte Drinks, laute Musik und Klatsch bis in die späten Nachtstunden.

Nicht etwa, daß ich was dagegen hätte. Zumindest ist so was nicht langweilig, und wenn man, wie ich, eine gesunde Neugier besitzt, gibt es keinen ergiebigeren Ort als meinen Lieblingsplatz unter dem Eßtisch, um die

Ohren offenzuhalten und mitzukriegen, warum und wie die Welt sich dreht.

Seit Jahren geht das jetzt schon so, und mir hat es das beschert, was man eine umfassende, erlesene Bildung nennen könnte. Ich weiß zum Beispiel, daß 1985 ein besonders guter Jahrgang in Châteauneuf war, daß ein Bürgermeister in unserer Gegend sich gern in eine Art Schwesterntracht zwängt und Trompete spielt, daß man Politiker und Anwälte samt und sonders als Gauner einzustufen hat, daß Schriftsteller verehrungswürdige, hart arbeitende Künstler sind, die von ihren Verlegern brutal ausgebeutet werden, daß der Kanaltunnel endgültig das Ende jenes Englands bedeutet, wie wir es kennen, daß ein Bäcker aus dem nächsten Dorf mit einer exotischen Tänzerin aus Marseille durchgebrannt ist, daß eine Diät aus *foie gras* und Rotwein das Leben beträchtlich verlängert, daß die Europäische Gemeinschaft von korrupten Hampelmännern regiert wird, daß die britische Königliche Familie demnächst nach Hollywood übersiedelt – und so weiter und so weiter. Das ganze Kaleidoskop des menschlichen Lebens erschließt sich – wirklich faszinierend, falls man es schafft, wachzubleiben.

Noch interessanter ist mitunter die abschließende Manöverkritik in der Küche, sobald die Nachtschwärmer endlich gegangen sind – und damit kehren wir wieder zum Management zurück.

Ich achte jedesmal darauf, nicht den sanft dahinplätschernden Gedankenaustausch zu verpassen, während Madame das benutzte Geschirr abstellt und die andere Hälfte die leeren Flaschen zählt; in der Art, in der das Gespräch verläuft, liegt so was anheimelnd Familiäres. Am Anfang steht stets eine lebhaft geführte Meinungsverschiedenheit über die Qualität des Essens, wobei Madame zum Ausdruck bringt, daß sie mit dem Ergebnis ihrer Kochkünste gar nicht zufrieden ist, und die andere Hälfte auf die Beweiskraft leerer Platten und der sauber abgeschälten Knochen verweist. Dem folgt eine ausgedehnte Diskussion über Glanzpunkte im unterhaltsamen Ablauf des Abends, gewürzt mit persönlichen Anmerkungen über verschiedene Gäste, worauf wir hier nicht eingehen wollen. Akt drei ist der einmütige Schwur, sich in den nächsten sechs Monaten jeglichen gesellschaftlichen Kontakts zu enthalten, woran sich allerdings sehr rasch eine Zugabe anschließt – dergestalt, daß beiden die Gegeneinladungen einfallen, die sie bereits angenommen haben. Und so begeben sie sich dann in der Gewißheit einer baldigen Wiederaufführung zu Bett. Sie verstehen, was ich meine? Sie geben Lippenbekenntnisse ab (»Nie wieder!«), und dann tun sie genau das Gegenteil (»Also dann bis nächsten Dienstag!«).

Für mich ist aber, wie Sie aus dem nächsten Kapitel ersehen werden, der unaufhörliche Strom von Gästen überaus bereichernd gewesen, da ich durch schlichtes Augen- und Ohren-offen-Halten *peu à peu* all das gelernt habe, was ich heute weiß. Man könnte mit Fug und Recht davon sprechen, daß ich meine gediegene intellektuelle Basis aufmerksamer Beobachtung und genauem Hinhören verdanke. Soweit es freilich um die praktische Anwendung erworbenen Wissens geht, sind jene Nackenschläge, die wir gewöhnlich mit der Redensart von der Schule des Lebens umschreiben, durch nichts zu ersetzen. Ich möchte Ihnen dazu von dem Vorfall mit dem Klempner erzählen.

Henri ist sein Name, und er taucht vorzugsweise gegen Ende des Vormittags im Haus auf, um seine Werkzeuge auf dem Küchenfußboden auszubreiten. Das ist offenbar ein wichtiger Teil der Klempnerarbeit – eine Art zeremonielle Drohgebärde vor Ergründung der Geheimnisse irgendwelcher Ventile, Muffenverbindungen und Abflußrohre. So legt er also fein säuberlich seine Hammer, verstellbaren Kombinationszangen und Bohrer hin, dazu den Lötkolben und den Spezialhelm, der vorn eine Lampe hat, mit deren Hilfe Henri in dunkle Ecken blicken kann, dann aber blickt er gar nicht in irgendeine Ecke, sondern auf die Uhr und geht zum Mittagessen. Selbst der beste Klempner, sagt er, kann nicht mit leerem Magen klempnern. Madame muß sich alsdann mühsam einen Weg durch den Irrgarten der Werkzeuge bahnen und murmelt – wie üblich – irgendwas davon, daß sie den ganzen Bettel hinschmeißen und in ein Zelt ziehen möchte, und der anderen Hälfte fällt – wie üblich – irgendeine unaufschiebbare Arbeit ein, möglichst weit weg von der Küche.

Normalerweise kümmere ich mich nicht sonderlich um Klempnerarbeiten, aber in diesem speziellen Fall war meine Neugierde geweckt. Seit Tagen lag nämlich ein interessantes und ständig stärker werdendes Aroma in der Luft, das eindeutig aus dem Klappschränkchen unter der Spüle kam. Ich selbst war zu einer genaueren Lokalisierung nicht in der Lage, hatte aber Henri in seiner professionellen Art sagen hören, da müsse wohl irgendwo in den Rohren ein totes kleines Tier stecken, vielleicht sogar ein ganzes Nest. Gegen leblose Körper habe ich nichts einzuwenden, solange es sich nicht um meinen eigenen handelt. Also beschloß ich, den Fortgang der Arbeiten zu überwachen und persönlich in Augenschein zu nehmen, was sich da in den blechernen Eingeweiden der Wasserzu- und Abführungsanlage verbarg. Henri kam vom Lunch zurück, und das Management machte sich unsichtbar, wie immer, wenn es die Möglichkeit einer nahen Katastrophe einkalkuliert. Ich glaube, seitdem Henris Bemühungen um ein Schwimmerventil im oberen Stock ein unrühmliches Ende genommen haben, rechnen Madame und die andere Hälfte jedesmal mit dem Schlimmsten, sooft sich Henri den Herausforderungen des Klempnerhandwerks stellt. Ich muß zugeben, bei ihm ist die Zahl der rabenschwarzen Tage Legion. Gespielt 32, gewonnen 10, der Rest verloren – und das ist nur die Bilanz, seit ich anschreibe. Wie auch immer, nachdem das Management den Gefahrenbereich geräumt hatte, waren nur noch wir beide in der Küche.

Henry rückte den Helm zurecht, knipste die Lampe an, kroch auf allen vieren unter die Spüle und fing mit den Vorbereitungen für seine Diagnose an, die im wesentlichen darin bestanden, daß er jede erreichbare Stelle mit dem Hammer abklopfte. Da er die Angewohnheit hatte, bei der Arbeit Selbstgespräche zu führen, konnte ich seine fortschreitenden Bemühungen mehr oder weniger lückenlos verfolgen. Viel Aufregendes kam nicht dabei heraus, es sei denn für jemanden, der ein ausgeprägtes Interesse an verrosteten Anschlußstücken und verbogenen Abflußrohren hat.

Und dann muß er gefunden haben, was er suchte, denn er atmete plötzlich hörbar ein und murmelte mehrmals mit allen Anzeichen der Zufriedenheit »*voilà!*«, bevor er im Rückwärtsgang unter der Spüle herausgekrochen kam, um in seiner auf dem Fußboden ausgebreiteten Sammlung von Sanierungsinstrumenten zu kramen. Ich nahm seinen Platz im Klappschrank ein und erkannte auf den ersten Blick, wo sich die Leiche des ungebetenen Eindringlings befinden mußte, nämlich ein Stück oberhalb vom Knie des Hauptrohrs. Ich wunderte mich, daß Henri das nicht gleich gerochen hatte, aber Klempner sind vermutlich eben auch nur Menschen. Verstehen sich auf rohe Gewalt, aber die Nase haben sie offenbar nur zum Putzen.

Da drin steckte eine Wühlmaus, da war ich ziemlich sicher, und ich überlegte gerade, wie ich an sie rankommen könnte, als mir jemand auf den Rücken tippte. Ich drehte mich um und sah hinter mir Henri mit seinem Scheinwerferhelm. Anscheinend lag ihm viel daran, daß ich unverzüglich das Feld räumte, denn er packte mich an den Hinterbeinen, apostrophierte mich in beleidigender, wenn auch, wie ich einräume, sachlich gerechtfertigter Weise und schob mich zur Seite.

Und da brach sich irgend etwas in meinen Genen Bahn – ein wildes Urverlangen, im entscheidenden Moment dabeizusein. Außerdem war es genausogut mein Klappschrank wie seiner. Ich zwängte mich also wieder hinein, damit ich ihm über die Schulter spitzeln und die Bergung der toten Wühlmaus aus nächster Nähe beobachten konnte. Henri drückte mich mit dem Ellbogen raus, ich schlängelte mich wieder rein, so ging es ein paar Minuten weiter. Es war ein Kampf Wille gegen Wille, doch am Schluß obsiegte, wie das gewöhnlich der Fall ist, meine Hartnäckigkeit. Hunde sind zielstrebiger als Menschen, was Sie möglicherweise schon selber bemerkt haben, wenn Sie je Augenzeuge waren, wie jemand versucht, einen Jack-Russell-Terrier dazu zu überreden, aus einem Kaninchenbau herauszukommen.

Ich glaube, Henri hätte zu guter Letzt mit einem Achselzucken nachgegeben, wenn dazu genug Platz unter der Spüle gewesen wäre, so aber nickte er mir zu, winkte mich heran und fing an, mit der Rohrzange zu hantieren. Ich in meinem schlichten, vertrauensseligen Gemüt dachte, unsere territorialen Streitigkeiten seien beigelegt, und bettete mein Kinn auf seine Schulter, um so besser verfolgen zu können, was als nächstes passierte. Ein Fehler. Er setzte seine Rohrzange zur letzten Drehung an, duckte sich seitlich weg und ließ mir den ganzen Segen zukommen, mitten zwischen die Augen – die tote Wühlmaus nebst einem Schwall aus etlichen Litern Stauwasser. Und für die Schweinerei auf dem Fußboden machte er mich dann auch noch verantwortlich. Moral: Trau nie einem Klempner, wenn du auf engstem Raum mit ihm zusammengepfercht bist.

Das ist die Art von Erfahrungen, die Schwielen auf der Seele zurücklassen, und ich bedaure, sagen zu müssen, daß es noch mehr von der Sorte gab. Nehmen Sie zum Beispiel den Briefträger, den es offenbar so nervt, wenn ich rausgerannt komme und seinen kleinen Kombi mit fröhlichem Gebell begrüße, daß er immer eine Handvoll Kies wurfbereit neben sich liegen hat. Oder den Radfahrer, der mir mit der Luftpumpe einen Scheitel ziehen wollte, bei der Gelegenheit allerdings umkippte, sich die Hose zerriß und schließlich mit blutenden Schürfwunden an den Beinen Fersengeld geben mußte. Nun, das war mal ein erheiternder Abschluß, aber es gab durchaus auch Episoden, bei denen die Dinge nicht so liefen, wie ich mir das gedacht hatte – die Sache mit dem

Hühnertraining beispielsweise, auf die ich später zurückkomme. Ich denke, fürs erste ist Ihnen klar, worum es mir geht. Überall Stolperfallen und Leute, die einfach unberechenbar sind. Die Welt kann ein Ort voller lauernder Gefahren sein.

Die Kunst der Kommunikation

*I*ch bin, auch wenn ich's selber sagen muß, ein wahres Schmuckstück für jeden Haushalt. Und überdies ein liebenswerter Kumpel, ein geduldiger Zuhörer, einer der Weisen im Lande, eine Quelle ständiger Aufmunterung und eine mobile Alarmanlage gegen Einbrecher. Aber im Laufe der Jahre habe ich festgestellt, daß diese Tugenden manchen Leuten nicht genug sind. Es handelt sich dabei meiner Erfahrung nach überwiegend um weibliche Wesen, die man an bestimmten Charaktereigenschaften erkennt. Sie geben sich alle ein bißchen wie die leibhaftige Blumenfee. Ich vermute, weil sie in der Kindheit allzu oft mit zu vielen Märchen konfrontiert wurden. Ein Musterbeispiel ist eines unserer lokalen Originale, Madame Bilboquet, eine Dame von stattlicher Erscheinung und in dem gewissen Alter, in dem man eine Schwäche für gute Werke und Portwein entwickelt, was sie übrigens beides für *très anglais* hält.

Sie trägt pastellfarbene Rüschenkleider und ist ständig vom Duft getrockneter Blüten umhüllt, die zu lange in irgendeiner Schublade herumgelegen haben. Ihre Handtasche riecht nach Talkumpuder. Sie sammelt rundliche Schweinchen und grasende Kühe aus Porzellan. Auf dem unteren Rand ihres Briefpapiers tanzen neckische Häschen Ringelreihen. Sie kennen die Sorte bestimmt. Zweifellos hat sie das Herz am richtigen Fleck, nur, sie neigt eben zu Gefühlsüberschwang.

Ich weiß schon im voraus, was mir bevorsteht, wenn sie ihren milden, stets ein wenig feuchten Blick auf mich richtet. Wenn ich nicht schleunigst Reißaus nehme, tätschelt sie mir in der zimperlichen, zaghaften Art, mit der Leute gewöhnlich tote Spatzen auflesen, den Kopf. Dann folgt ein Seufzer, und danach geht's los. »Ist er nicht süß?« säuselt sie in dem Tonfall, in dem sie normalerweise nur über die kitschigen Hüpfhäschen auf ihren Briefbogen redet. »Ich frag mich, was er jetzt wohl denken mag?«

Meistens denke ich an Sex oder was es zum Mittagessen geben mag, aber das muß sie ja nicht unbedingt wissen. Es juckt mich jedesmal, ihrem dümmlichen Gerede abrupt ein Ende zu machen, indem ich anfange, geräuschvoll an mir herumzuschnuppern, zum Beispiel am Unterbauch. Aber das tue ich dann doch nicht. Ich nehme sie mit Humor. Zumal man bei Madame Bilboquet nie wissen kann. Sie steht in dem Ruf, immer ein paar Biskuits einstecken zu haben. In ihrem Retikül, wie sie das Häkeltäschchen nennt. So befleißige ich mich also meines treuherzigsten Ausdrucks und wappne mich innerlich für das, was nun unvermeidlich kommen muß. Und siehe da, nach einem neuerlichen tiefen Seufzer ist es auch schon soweit, sie gibt den obligaten Klacks Senf auf ihr vorangegangenes Geschwafel: »Wünschen Sie sich nicht manchmal, daß er reden könnte?«

Na, nun frage ich Sie! Kommt da eine erwachsene Frau daher und quasselt albernes Zeug zusammen, daß es sogar einen Pudel grausen könnte – und bei denen weiß man ja, daß sie auf Deibel komm raus allen schöntun.

Der springende Punkt ist doch, daß ich überhaupt keine Notwendigkeit sehe, zu reden. Ich kann jedem, wenn er auch nur über eine rudimentäre Beobachtungsgabe verfügt, meine Empfindungen und Wünsche durchaus verständlich machen. Das Management versteht mich. Die Nachbarn verstehen mich. Oder gestern zum Beispiel – da hatten wir jemanden vom Finanzamt hier, wahrlich kein Einstein, aber sogar der scheint mich verstanden zu haben. Er brach ein wenig überstürzt auf, mit einem seitlich leicht angefeuchteten Hosenbein – aber das ist eine andere Geschichte.

Wie auch immer, ich rede zwar nicht, darf aber, denke ich, trotzdem für mich in Anspruch nehmen, die Kunst der Kommunikation exzellent zu beherrschen. Ich habe ein männliches, unverwechselbares Bellen, kann überaus beredt schnüffeln und bringe es fertig, auf so markerschütternde Weise zu jaulen, daß jeder Versuch eines Angriffs im Keim erstickt wird. Man sagt mir übrigens auch ein sehr ausdrucksvolles Schnarchen nach. Und mein Knurren hört sich an wie die Posaunen des Jüngsten Tages – ein wenig dumpfer vielleicht, aber so erschreckend, daß allen das Herz in die Hose fällt, jedenfalls kleineren Vögeln und herumlungernden Vertretern. Unglücklicherweise kratzt es mir derart in der Kehle, daß ich nur selten davon Gebrauch mache.

An dieser Stelle könnten Sie vielleicht einwenden, daß meine Kommunikationsmöglichkeiten, so sehr sie sich auch – in den Grenzen der mir vorgegebenen Oktave – durch Vielfalt auszeichnen mögen, im Grunde auf ein und demselben Laut basieren. Und um ehrlich zu sein, will ich auch einräumen: Die meisten Hunde können irgendwie Lärm machen, wenn ihnen danach ist, wenn auch nicht mit meinem Gespür für Timing und dem der jeweiligen Situation angepaßten Ton. Lärm zu machen, führt aber nicht immer dazu, daß man erreicht, was man will. Fragen Sie irgendeinen Politiker. Er wird Ihnen bestätigen, daß man mit zielgerichteten Schmeicheleien und – vorausgesetzt, man hat einen starken Magen – mit einer gelegentlichen Runde Babyküssen viel schönere Ergebnisse erzielen kann als mit lautstarkem Herumschreien. Genauso verhält sich's mit Hunden und Menschen. Wo man mit Gekläff nicht weiterkommt, hilft nur Charme. Das können Sie mir getrost abkaufen.

Der Schlüssel zu allem ist meiner Meinung nach das, was Soziologen Körpersprache nennen. Die bettelnd ausgestreckte Pfote, der vibrierende Schwanz, der feste, liebevolle Blick, das verzückte Schaudern – das alles spricht, wenn es von einem Experten angewandt wird, eine beredsamere Sprache als ein ganzer Wortschwall. Und wenn ein Hund Experte ist, dann *moi* (ich hasse falsche Bescheidenheit, geht's Ihnen nicht auch so?).

Lassen Sie mich Ihnen ein Beispiel geben, das sich erst gestern zugetragen hat. Nachdem es den ganzen Vormittag geregnet hatte, beschloß das Management, auszugehen und sich ein ausgedehntes Mittagessen zu gönnen. Auf unfreundliches Wetter reagieren sie häufig so. Höchst egoistisch, ich weiß, aber so ist es nun mal. Nun, ich blieb jedenfalls mit den beiden Mädels allein im Haus – liebe alte Seelen auf ihre Art, aber es fehlt ihnen ein wenig an Pioniergeist. Irgendwie haben sie Hemmungen, auch mal einen draufzumachen, wenn Sie verstehen, was ich meine. Wahrscheinlich die bleibende Folge allzu strenger Erziehung in den prägenden Jugendjahren, nehme ich an.

Wie ich's immer mache, wenn ich im Haus eingesperrt und mir selbst überlassen bin, brach ich zu einer *tour général* durch die Räumlichkeiten auf. Mal kurz einen Blick in die Küche werfen, ob sich dort Anzeichen nachlässiger Haushaltsführung zeigen, nachsehen, ob sich alle Türen noch leicht schließen und öffnen lassen, Elektrokabel überprüfen, Teppiche zurechtrücken – und was man eben sonst tun kann, um sich nützlich zu machen. Und plötzlich kam mir der Einfall, mich oben ein bißchen umzusehen – da, wo gewöhnlich Gäste, die über Nacht bleiben, eingeschlossen werden. Aus unerfindlichen Gründen ist dieser Bereich zur verbotenen Zone erklärt worden. Weiß der Himmel, was die da oben treiben, mir war jedenfalls nachdrücklich klargemacht worden, daß ich dort unerwünscht bin.

Also, ich die Treppe hoch, und was entdecke ich da? Die Tür ist nur angelehnt, die Gästesuite mit all ihren Verlockungen zur Besichtigung freigegeben.

Nun, was das Bad betrifft – wenn man eines gesehen hat, hat man alle gesehen. Ekelhaft sauber, unbequem, überall muffelt's nach Seife und Hygiene. Da war das Schlafzimmer natürlich etwas ganz anderes – Teppichboden, jede Menge Kissen, ein großes Bett. Und was für ein tolles Bett! Nicht zu hoch, üppig mit Kissen ausgepolstert und zugedeckt mit einem einladend weichen Fummel, bei dem es sich, wie ich später erfahren habe, um eine antike Tagesdecke handelte. Für mich sah's damals aus wie ein gewöhnliches weißes Laken, die Standardausstattung; ich kenne mich eben mit antikem Linnen nicht so aus. Ich persönlich bevorzuge, rein innenarchitektonisch gesehen, mehr den Zottelfellstil.

Nichtsdestoweniger übte das Bett eine magische Anziehungskraft auf mich aus – was Ihnen, wenn Sie normalerweise Ihre Nächte in einem Schlafkorb auf dem Fußboden verbringen müßten, genauso gegangen wäre –, und so schwang ich mich hinein.

Zunächst irritierte mich ein wenig, daß es unter den Pfoten so merkwürdig federnd nachgab – ein Schaukeleffekt, wie ich ihn jedesmal erlebe, wenn ich versehentlich der Labradorlady auf den Bauch trete. Aber nachdem ich das Maß meiner Schritte dem schwankenden Untergrund angepaßt und herausgefunden hatte, daß ich langsamer gehen und die Kurven etwas geschmeidiger nehmen mußte, konnte ich mir den Weg zum oberen Bettende bahnen, wo die Kissen lagen.

Sie waren so, wie ich das sehe, recht unzweckmäßig angeordnet, in einer Reihe nebeneinander, was dem verstellbaren Rückgrat des menschlichen Körpers angemessen sein mag, für einen Hund indessen kein bequemes Arrangement ist. Unsereins will, wenn er schläft, eingekuschelt sein. Ich glaube, es hat etwas mit dem unbewußten Verlangen zu tun, in Mutters Bauch zurückzuschlüpfen, obwohl ich persönlich auf keinen Fall noch mal in dieses Höllenloch kriechen würde. Wie Sie sich vielleicht erinnern, mußte ich es mit zwölf anderen teilen, und so habe ich keine allzu beglückenden Erinnerungen an diese Zeit. Trotzdem, der Instinkt, sich nach allen Seiten schön weich abzupolstern, verliert sich nicht. Ich machte mich also daran, die Kissen in die Mitte des Bettes zu zerren, bis sie so etwas wie ein kreisrundes Nest bildeten. Und darin ließ ich mich behaglich nieder und schlummerte ein.

Irgendwann später wachte ich vom Motorgeräusch eines

Autos und dem Gebell der beiden Mädels im Erdge-
schoß auf. Offenbar hatte sich das Management lange
genug der Völlerei hingegeben und beschlossen, nach
Hause zurückzukehren und uns mit seiner Anwesenheit
zu beehren.

Sie haben möglicherweise keine Erfahrung damit, aber
Leute, die ihr Domizil mit Hunden teilen, legen Wert
auf einen großen Bahnhof, wenn sie nach vorübergehender Abwesenheit nach Hause zurückkehren. Es gibt
ihnen das Gefühl, geliebt und geschätzt zu werden. Andererseits kann es auch zu leichten Schuldgefühlen
führen, weil sie ihre treuen Mitbewohner ganz allein gelassen haben. Dies wiederum veranlaßt sie dazu,
mildtätige Gaben zu verteilen, die sie Leckerchen nennen – ich würde eher von einem unbewußten Tribut an
das eigene schlechte Gewissen reden. Wie auch immer,
es ist auf jeden Fall ratsam, sich mit glänzenden Augen
und wedelndem Schwanz in der Nähe der Tür zu präsentieren und ihnen die Illusion zu vermitteln, das Leben sei ohne sie trostlos und öde. Nun ja, ich hätte
mühelos den Rest des Nachmittags glücklich dort oben
im Bett verbringen können, aber ich trottete eilends
nach unten, um mich, wie sich's nun mal gehörte, in
Reih und Glied mit den anderen aufzubauen, während
das Management Einzug hielt.

Alles ging gut bis zum Abend, als Madame nach oben
ging, um ein paar Blumen und ein Fläschchen mit irgendeinem Zeug, das Insekten vertreiben soll, ins Gästezimmer zu stellen, weil sie am nächsten Tag Besuch
erwartete. Sie ist überaus pingelig mit solchen Dingen
und kann sich Gott weiß wie lange mit der Entscheidung
herumquälen, ob sie auf dem Nachttisch lieber ein

Fläschchen Sprudel mit Kohlensäure oder ein stilles Wasser bereitstellen soll. Sie verstehen, sie möchte eben, daß ihre Gäste sich wohl fühlen, was diese aber meiner Meinung nach nur dazu verleitet, länger zu bleiben. Die andere Hälfte dagegen wäre skrupellos dazu bereit, ihnen Zyanid in den Schlummertrunk zu rühren und die Kosten für den Rettungswagen zu übernehmen, woraus man sieht, daß die Ehe eine Frage von Geben und Nehmen sein kann. Wie auch immer, Madame war nach oben gegangen, in die Flitterwochensuite.

Ich hörte gedämpfte Schreckensschreie, zählte zwei und zwei zusammen und kam zu dem Schluß, daß die kleinen Veränderungen, die ich am Bettzeug vorgenommen hatte, vielleicht nicht ganz ihre Zustimmung fanden. Folgerichtig war ich schneller in meinem Korb verschwunden, als eine Ratte ins nächste Abflußrohr flitzen kann, und täuschte, als Madame nach unten kam, bereits den Schlaf des Gerechten vor. Schließlich waren wir drei, sagte ich mir, und so bestand eine gewisse Chance, daß eines der beiden Mädels zu Wasser und Brot verurteilt wurde und der wahre Schuldige ungeschoren davonkam. Mir war zu Ohren gekommen, daß sich zu jener Zeit die Fälle widerrechtlicher Arrestierung und willkürlicher Freiheitsberaubung erschreckend häuften, und die Hoffnung, daß auch hundeverachtendes Verhalten eines Tages in die Annalen des Unrechts eingehen würde, hätte mir im Augenblick wenig genützt.

Die Augen fest geschlossen und die Ohren auf Sturmwarnung gestellt, lauschte ich, während Madame, höchst ungnädig, ihrer Empörung über etliche Pfotenspuren auf der Tagesdecke und aufgeknöpfte und zerknitterte Kissen Luft machte und bei der Gelegenheit auch gleich die eine oder andere kleine Verfehlung zur Sprache brachte, die uns offenbar ihrer Meinung nach die Anwartschaft auf den Preis als Haus-des-Jahres kosten konnte.

Ich hörte, wie sie rüber zu meinem Korb kam, und riskierte ein halb offenes Auge. Madame – von Kopf bis Fuß leibhaftige Anklage – stand vor mir, schwenkte als Beweisstück drohend die zerkrumpelte Tagesdecke hin und her und führte sich auf, als hätte ich in ihren Lieblingshut gekötert (was ich tatsächlich mal getan habe, aber da mußte man mir mildernde Umstände zubilligen). Ich mimte die ganze Palette verwunderter Nonchalance, hatte jedoch nicht bedacht, daß meine nach Größe und Form unverwechselbaren Pfoten mich verraten konnten, und das insbesondere deshalb, weil noch ein bißchen angetrockneter Schlamm vom Morgenspaziergang daran klebte. Madame ergriff eines meiner inkriminierenden Gehwerkzeuge und legte es auf eine der großen Täterspuren, die sich unerwünscht deutlich auf der Tagesdecke abzeichneten, und damit war der Fall gelöst. Leugnen zwecklos, auf frischer Tat ertappt. Ich war mir bewußt, daß die Angelegenheit schwerwiegende Folgen haben mußte. Es sei denn, ich unternahm etwas, und zwar schnell.

Eine Lektion, die das Leben mich gelehrt hat, ist, daß sich alles auf dem Verhandlungsweg regeln läßt. Kein Vergehen, wie schwer es auch sein mag, schließt die Hoffnung auf Begnadigung aus. Man darf den Sonntagslunch stibitzen, Bücher zerfleddern, lebenden Hühnern den Kopf abbeißen und nahezu nach Herzenslust Vandalismus treiben, vorausgesetzt, man verfügt über eine ausgefeilte Beschwichtigungstechnik. In Juristenkreisen nennt man das: ein Schuldbekenntnis ablegen, und damit sind schon ganz andere Schurken als ich straffrei davongekommen, ohne sich ihre weiße Weste zu bekleckern. Wenn Sie mir nicht glauben – lesen Sie die Zeitung.

Bei uns hängt die Bestrafung nach Art des Hauses, genau wie im allgemeinen Rechtssystem, nicht nur von der Gewichtigkeit des Vergehens ab, sondern auch davon – und das kann den Ausschlag geben –, wie der amtierende Richter gelaunt und disponiert ist. Es gibt Tage, an denen bereits ein verhältnismäßig geringfügiges Delikt körperliche Züchtigung und zeitweilige Verbannung nach sich zieht, während ein andermal eine ähnlich schwere Gesetzesübertretung lediglich durch mündliche Verwarnung sowie eine für soundso viele Stunden zur Bewährung ausgesetzte, bei entsprechendem Wohlverhalten zu erlassende Strafe geahndet wird. Eine verzwickte Angelegenheit, die Gerechtigkeit. Man kann im voraus nie wissen, wohin das Blatt sich wendet.

An diesem speziellen Abend war die Atmosphäre unheilschwanger. Daran war, wie ich vermute, nicht so sehr die Schwere des Vergehens schuld, es hatte auch etwas mit den Spätfolgen der Ausschweifungen beim Lunch zu tun, die sich eben oftmals erst am frühen Abend zeigen: quälende Kopfschmerzen, Verdauungsbeschwerden und Blähungen, gepaart mit schlechter Laune. Wenn ich die Lage richtig einschätzte, hob das Gericht jedoch nicht auf die Höchststrafe ab, und so beschloß ich, alles unumwunden zuzugeben. Es galt, das ganze Repertoire abzuspulen. Hochentwickelte, körperdyna-

Bestrafung nach Art des Hauses

mische Bemühungen waren das Gebot der Stunde –
oder, wie ich es lieber nenne, die sieben Gebärden der
Besänftigung. Ich gebe sie hiermit an Sie weiter, in der
Hoffnung, daß Sie nie davon Gebrauch machen müssen.

Erstens

Lassen Sie sich nach Art eines Cockerspaniels auf den
Rücken fallen und strampeln Sie hilflos mit den Beinen.
Das dient dazu, Reue zu zeigen und den ersten impulsi-
ven Zorn des Verärgerten abzublocken, der sich sonst in
schmerzhaften Schlägen auf das Hinterteil manifestie-
ren könnte. Man kann aber nicht auf irgendwas einprü-
geln, das wehrlos am Boden liegt.

Zweitens

Am Tonfall der Stimme erkennen Sie, wann der erste Zorn verraucht ist und Sie wagen können, sich aufzurappeln und dem Gericht und der Jury zu nähern. Diese Annäherung sollte in einer Art leicht abgewandeltem Jazztanz erfolgen, den Kopf schamhaft gesenkt, den Rest des Körpers in hektisch zuckende Bewegungen versetzt, die geeignet sind, ein Höchstmaß an Schuldbewußtsein auszudrücken. Auch leise, zerknirschte Laute können angezeigt sein, wenn Sie den Bogen raus haben, wie man so was macht. Auf jeden Fall sollten Sie vermeiden, zu bellen oder irgendwas zu tun, wobei Sie die Zähne zeigen müssen.

Drittens

Setzen Sie sich. Heben Sie die rechte Pfote und legen Sie sie auf das nächste Knie, dessen Sie habhaft werden können. Weiß der Geier, warum, aber das wirkt auf die meisten Leute so entwaffnend, daß die Gefahr, eins auf die Ohren zu kriegen, fürs erste gebannt ist.

Viertens

Nehmen Sie die Pfote weg und lassen Sie das volle Gewicht Ihres Kopfes auf dem erwählten Knie ruhen. Der zugehörige Mensch wird sich unwillkürlich in den meisten Fällen dazu hinreißen lassen, Sie zu tätscheln, und damit haben Sie Ihr Schäfchen im trockenen. Falls nicht, fahren Sie mit dem nächsten Programmpunkt fort.

Fünftens

Suchen Sie sich eine Hand und erkunden Sie sorgfältig das nähere Drum und Dran. Sobald Sie sicher sind, daß diese Hand kein Rotweinglas hält, stupsen Sie sie mit einer entschlossenen Aufwärtsbewegung Ihres Kopfes an. Das mit dem Rotweinglas erwähne ich nur wegen eines unglücklichen Zwischenfalls, an dem angeblich ich schuld war – ein völlig ungerechtfertigter Vorwurf, was jedoch nichts daran änderte, daß die magische Wirkung meiner Kopfbewegung wirkungslos verpufft war.

Sechstens

Nun sollte Ihnen eigentlich das volle Maß an Vergebung zuteil geworden sein, aber es ist eminent wichtig, sich den Triumph nicht zu früh anmerken zu lassen. Ich nehme mir jedesmal die Zeit, mich für ein paar zärtliche Minuten lang anzuschmiegen – an einen Arm oder ein

112

Bein, je nachdem, wie es für mich bequemer ist. Die Begleitumstände spielen keine Rolle, was zählt, ist die einschmeichelnde Gebärde.

Damit müßten Sie die Sache in neun von zehn Fällen bereinigt haben. Nur in ganz schwierigen Situationen, wenn alles Schöntun mit grimmiger Zurückweisung und versteckten Drohungen beantwortet wird, sehe ich mich gezwungen, zum letzten Mittel zu greifen und meine Geheimwaffe zum Einsatz zu bringen.
Ich sollte Ihnen dazu kurz den historischen Hintergrund schildern. Vor einigen Jahren hat einer meiner Bewunderer mir zu Weihnachten einen Knochen geschenkt, oder, um genau zu sein, die lebensechte Nachbildung eines Knochens, wie man ihn üblicherweise am Heiligabend bekommt – knallrot, an beiden Enden festlich mit grünen Mistelzweigen aus Gummi verziert, ein echtes Sammlerstück. Zufällig trifft es sich, daß er auch noch gut in der Schnauze liegt, er hat die Idealform und

gibt genau das her, was unsereins braucht. Sie haben vermutlich noch nie das Hinterbein eines Eichhörnchens zwischen den Zähnen gehabt, den Oberschenkel, meine ich. Ich schon, und mein Gummiknochen hat etwa die gleiche Konsistenz. Schön fest und dennoch ergiebig, wenn Sie mir folgen können. Die zweite Ähnlichkeit mit einem Eichhörnchenbein besteht darin, daß mein Knochen quietscht, wenn ich draufbeiße. Das amüsiert mich, und außerdem bringt es die Leute – aus Gründen, auf deren nähere Erläuterung ich mich gar nicht erst einlassen will – zum Lachen. Unfehlbar. Glauben Sie etwa, ich käme *in extremis*, wenn die Katastrophe schon zum Greifen nahe ist, auf den Gedanken, aufzugeben und abzuwarten, bis ich die Suppe auslöffeln muß? Halten Sie mich für einen, der kuscht, nur weil ihn jemand schief ansieht? Ganz bestimmt nicht. Ich schnappe mir meinen Knochen.

Siebtens

Aber auch da ist beim Zubeißen ein gewisses Feingefühl erforderlich. Konstantes Quietschen irritiert das menschliche Ohr, wie ich wiederholt festgestellt habe, wenn der Fernseher lief. Und so sitze ich da, den Knochen fest zwischen den Zähnen, versuche, so unglück-

lich wie möglich auszusehen, und quietsche in unregel-
mäßigen Intervallen. Sie werden es nicht glauben, aber
es wirkt immer. Jedesmal. Der Himmel mag wissen, warum, aber innerhalb von Sekunden haben sich die Sturm-
wolken verzogen, und ich erfreue mich wieder der allgemeinen Gunst – dank des Quietschens, das die Wogen
des Zorns glättet. Ich denke, auch die Menschheit kann
aus dieser Geschichte irgendwie Lehren ziehen, und ra-
te Ihnen, falls Sie mal in einen Rechtsstreit verwickelt
werden, dafür zu sorgen, daß Sie einen Gummiknochen
einstecken haben.

Schlagabtausch
mit dem Kater in der Garage

Die Welt ist – wie Jean-Paul Sartre gesagt haben könnte, wenn die Sentenz ihm eingefallen wäre – aufgeteilt in jene, die Katzen lieben, und die anderen, die das nicht tun. Ich bin bei der zweiten Gruppe Gründungsmitglied, was Sie wohl nicht überraschen dürfte, wenn ich Ihnen von meiner ersten Begegnung mit einer Katze erzähle. Es war in meinen Kindertagen, also in jener harten Zeit, als wir ständig mit knurrendem Magen herumliefen. Wir Hunde jedenfalls, bei der Hauskatze sah das ganz anders aus.

Sie hörte auf den Namen Hepzibah, war von Natur aus bösartig, döste den ganzen Tag im Haus vor sich hin und sah aus, als litte sie unter lebensgefährlichem Übergewicht. Sie war natürlich viel größer als wir damals – ein knopfäugiges Monstrum, in verwaschenen schwarzbraunen Pelz gekleidet, mit einem großen gelben Zahn, der bis auf die Unterlippe ragte, und furchteinflößenden Krallen, die wir Hundekinder eins wie das andere von Zeit zu Zeit zu spüren bekamen. Jeden Abend zur Fütterungszeit kam sie zu uns in den Schuppen gewatschelt, um sich genau anzusehen, was uns der Herr des Hauses in seiner unendlichen Güte heute zugedacht hatte. Offensichtlich wußte sie, daß gelegentlich – sicher nur aus Versehen – auch mal Appetitlicheres dabeisein konnte als altbackenes Brot und Knorpel. Wann immer das so war, machte Hepzibah sich vor dem Futtertrog breit, knuffte uns links und rechts beiseite und sicherte sich die besten Bissen. Und wissen Sie was? Sie kann's nur aus reiner Bosheit getan haben. Aus Hunger bestimmt nicht. Schließlich sah sie ja aus wie ein Sofa auf vier Beinen.

Wegen dieses Kindheitstraumas kann ich bis zum heutigen Tage beim Anblick einer Katze keine echte Begeisterung aufbringen, im Gegenteil, ich werde nie aufhören, fassungslos darüber zu staunen, welcher Popularität sich *Felis domesticus* erfreut. Katze oder Kater, was sind sie denn anderes als asoziale Fellknäuel, die sich für was Besseres halten?

Vor Tausenden von Jahren hat der ganze Unsinn angefangen, und zwar, wie Ihnen jeder Historiker bestätigen kann, bei den Ägyptern. Aus unerfindlichen Gründen – vielleicht Gehirnfäule infolge des Klimas oder ordinärer Irrsinn, wie er irgendwann ausbrechen muß, wenn man zu viele Pyramiden baut – erhoben sie die Katzen aus dem althergebrachten Status von Mäusefängern in den eines Anbetungsobjekts und sahen fortan in ihnen die Hüter des pharaonischen Kleingelds und ihre Oberikone. Die Katzen, ohnehin von Geburt an nur allzu narzißtisch in sich selbst verliebt, fanden das durchaus in Ordnung, spielten sich die Wüste rauf, die Wüste runter als Herren auf, nahmen bei König Tuts Dinnerparties einen Ehrenplatz ein, ließen sich die Pfoten mit geweihten Ölen salben, taten keinen Handstreich und befleißigten sich überhaupt eines empörenden Lotterlebens. Und das entspricht bis zum heutigen Tage ihrer Natur.

118

Als das Regime der Pharaonen zusammenbrach – was unvermeidlich ist, wenn solche Dummköpfe am Ruder sind –, hätte man meinen sollen, die Welt habe ein für allemal die Lektion von Ursache und Wirkung begriffen, daß nämlich Katzenverehrer ein unrühmliches Ende nehmen. Alles, worauf sie bestenfalls hoffen können, ist eine Ganzkörperbandage und ein Abstellplatz in einer schlecht belüfteten Gruft. Wozu anzumerken ist: Sie werden in keinem Grabmal eine Miezekatze in ewiger Loyalität zu Füßen ihres Herrn zusammengerollt finden. Ach wo, der hat das Zeitliche gesegnet, also sehen wir mal, wer uns jetzt streichelt.

Nun, Sie mögen einwenden, das seien dunkle, primitive Zeiten gewesen, heute seien wir doch einen großen Schritt weiter. Der Wissensstand sei immens gewachsen, und wir hätten modernere Götter. Das Fernsehen, zum Beispiel, oder die Fußballstars. Wenn das Ihre Meinung ist, geneigte Leser, muß ich Sie dahingehend korrigieren, daß die Katzenbewegung nicht nur überlebt, sondern einen gewaltigen Aufschwung genommen hat. Auf Schritt und Tritt stolpert man über die langhaarigen Tentakel dieser Landplage.

Nehmen Sie die schönen Künste. Gemälde von Katzen. Unzählige Bücher sind ihnen gewidmet, dicke Wälzer in Prosa und Poesie. Und dann die Ständer, aus denen einen von jeder zweiten Grußkarte Pussy in ihrer hochnäsigen Art angrinst. Wie man mir sagt, gibt es sogar ein Katzen-Musical. Das würde ich mir wirklich gern mal ansehen, weil der Gedanke, daß dort Menschen mit falschen Schwänzen und Schnurrhaaren aus Nylon herumhüpfen, meiner Vorliebe fürs Absurde entspricht. In Ägypten, wage ich zu vermuten, ist die Show bestimmt ein Renner.

All dies – und es gäbe noch viel mehr, aber ich möchte das Thema nicht über Gebühr strapazieren – bringe ich zur Sprache, um meine Einstellung *vis-à-vis* Klein-Felix deutlich zu machen. Ein Katzenfan bin ich nicht. Von mir aus murmeln Sie jetzt was von den Trauben, die einem zu sauer sind, oder kreiden alles Hepzibah, der Schrecklichen, an, aber mir bringt die Vorstellung, daß diese überkandidelten kleinen Monster nach Herzenslust auf den Polstern herumtoben dürfen und mit Gourmetmenüs von Hühnchen in Rahm gefüttert werden, das Blut in Wallung und läßt mich ernsthaft daran zweifeln, daß die Menschheit ihre Prioritäten richtig zu setzen weiß.

Wir bei uns, wir sind, wie ich mit Freude feststellen darf, ein aufgeklärter Haushalt, und so werde ich, abgesehen vom gelegentlichen Anblick einer Katze, die auf einem verstohlenen Streifzug durch den Wald schleicht, von diesen Plagegeistern nicht behelligt. Ganz bestimmt rechne ich nicht damit, sie in meinem angestammten Revier anzutreffen, und schon gar nicht in der Garage. Aber vor kurzem kam ich frühmorgens auf dem Weg zu unserer Eidechsenpopulation, mit der ich mir ein bißchen die Zeit vertreiben wollte, am offenen Garagentor vorbei, als mich auf einmal eine spezielle Witterung erstarren ließ. Streng und durchdringend. Unverkennbar Katzenmief.

Es gibt ein weitverbreitetes Mißverständnis, daß Katzen von Natur aus zu den eher auf Sauberkeit bedachten Kreaturen gehören, geruchsfrei sind und angeblich umweltfreundlich – falls man darunter versteht, daß gewisse Verrichtungen nicht mal zur Düngung genutzt werden können. Dieser Irrglaube wird natürlich von den

Katzen auch noch schamlos genährt, indem sie dauernd ostentativ an sich herumlecken und sich mit der Pfote hinter den Ohren herumfummeln. Aber das ist alles dummes Zeug. Sperren Sie mal einen ausgereiften alten Kater in einen nach allen Seiten abgeschlossenen Raum, zum Beispiel in eine Garage, und halten Sie die Luft an. Sie glauben gar nicht, wie das stinkt.

Ich steckte den Kopf durch die Tür und sah mich um. Damit Sie sich die Szene anschaulich vorstellen können, sollte ich Ihnen sagen, daß man mit unserer Garage nicht den ersten Preis für Ordnung und mustergültiges Aufräumen gewinnen kann. In der Mitte steht der Wagen, eingerahmt von Säcken mit Düngemitteln, schlampig hingeworfenen Wasserschläuchen, einem Rasenmäher, drei, vier zeitweilig ausgelagerten Gartenstühlen, Behältern mit Rosenspray, alten Tontöpfen und einigen Wandregalen, auf denen alles mögliche abgestellt ist, von Farbtöpfen bis zur Kettensäge. Bei allen Fehlern, die die beiden haben, käme ich dennoch nie auf die Idee, das Management der Hehlerei zu verdächtigen, aber dieses Durcheinander sieht aus, als hätten sie das Zeug im Schutze der Nacht aus einem Markt für Handwerker- und Gartenzubehör zusammengeklaut und – so wie sie's abgeladen haben – erst mal wahllos hier zwischengelagert. Und irgendwo in diesem Tohuwabohu verbarg sich der Eindringling. Auf den kommen wir gleich noch ausführlich zu sprechen.

Ich stürmte also grimmig entschlossen durchs Tor und blickte mich um. Da rührte sich nichts. Nun, wahrscheinlich drückte der Kater sich, vor Schreck wie gelähmt, irgendwo an die Wand. Oder er hatte sich hinter den Säcken mit Gartenerde versteckt. Aber wo ich auch nachsah, er war nicht da. Sie verkriechen sich gern unter Autos, und weil da immer was leckt und tropft, sieht man sie oft mit einem überaus eleganten Schmierfleck auf dem Buckel herumlaufen. Aber dem, mit dem ich's hier zu tun hatte, war offensichtlich ein besonders raffiniertes Versteck eingefallen.

Dennoch, ich wußte genau, daß er da sein mußte, ich konnte ihn ja riechen, und so bahnte ich mir – die Nase auf Radarortung gestellt, alle Sinne voll auf dem Quivive, von Kopf bis Schwanz Tod und Verderben bringende Angriffswaffe – einen Weg durch das Gerümpel nach hinten, wo die Wandregale hängen. Und dort machte ich ihn aus. Oder, um genauer zu sein, einen Teil von ihm.

Auf dem obersten Wandbrett waren flache hölzerne Saatkästen übereinandergestapelt, und mir fiel auf, daß dem allerobersten Kasten offenbar ein Schwanz gewachsen war. Ein struppiges Ding in schmutzigem Rotbraun, ähnlich jenen Bürsten, mit denen die Leute in verstopften Klos und anderen unappetitlichen Röhren herumstochern. Er hing seitlich am Kasten herunter. Aha, sagte ich mir, schnapp dir den Schwanz, und du hast den Kater.

Mein Plan war, kurz und heftig an dem baumelnden Schwanz zu ziehen und zu sehen, ob unser rotbrauner Besucher – nach solchermaßen gewährter Starthilfe – einen neuen Weltrekord in der Disziplin der überstürzten Flucht ohne Bodenberührung aufstellen würde. Aber zu meiner grenzenlosen Irritation blieb das Schwanzende, auch wenn ich mich auf den Hinterbeinen zu voller Größe aufrichtete, knapp außerhalb meiner Reichweite. Ich trippelte vor und zurück, grübelte über diverse Tak-

Dem allerobersten Kasten war
offenbar ein Schwanz gewachsen

tiken nach und beschloß mangels besserer Einfälle, das
Überraschungsmoment einstweilen als letzten Trumpf
in der Hinterhand zu behalten, als ich plötzlich spürte,
daß ich lauernd beobachtet wurde. Für so was habe ich
eine Nase, eine Art übersinnliches Wahrnehmungsver-
mögen, das ich in den alten Tagen entwickelt habe, als
ich noch ein hartes Leben führen und ständig auf der
Hut vor irgendwelchen Besen sein mußte, und dieser
siebte Sinn ist mir bis heute erhalten geblieben.

Ich starrte hoch, und bei dem, was ich da sah, konnte einem glatt die Milch sauer werden. Pussys Kopf war aus
dem Versteck aufgetaucht – ungefähr von der Größe einer kümmerlichen Melone, mit zwei böse zugerichteten
Ohren und Augen in der Farbe von ausgetrockneten
Hasenknödeln. Ich bin eine edelmütige Seele, deshalb
möchte ich lediglich feststellen, daß er bestimmt keinen
Schönheitswettbewerb gewonnen hätte, und damit

basta. Wir sahen uns ein paar Sekunden lang stumm an, dann beschloß ich, ihm klarzumachen, daß ich nicht gewillt war, Untermieter zu dulden. Ich stemmte mich also auf den Hinterbeinen hoch und zog mein ganzes Unterhaltungsprogramm ab. Ich knurrte, bellte, ließ den Kerl mit schäumenden Lefzen meine Mordlust ahnen – eine Demonstration ungezügelter Barbarei, die Sie sich nicht vorstellen können, es sei denn, Sie hätten schon mal an einer Cocktailparty für Literaturschaffende teilgenommen, bei der alle trinken dürfen, soviel sie mögen. Und wissen Sie, was der Kater tat? Er gähnte, schloß die Augen und war allem Anschein nach drauf und dran, sich schlafenzulegen.

Inzwischen war ich schon ein wenig heiser und mir, um ehrlich zu sein, hinsichtlich meiner nächsten Schritte nicht ganz sicher. Und da kam plötzlich ein Windstoß und ließ das Tor der Garage mit einem explosionsartigen Knall zuschlagen. Das weckte das Scheusal auf, es dauerte nur einen Sekundenbruchteil, und er war raus aus dem Saatkasten und stand hinter dem Rasenmäher in Habtachtstellung.

Auf dem Boden war er womöglich noch häßlicher, und erschwerend kam hinzu, daß er sich derart lächerlich in Positur warf. Sein Schwanz zeigte himmelwärts, sein Buckel sah aus wie die obere Hälfte einer umgekippten Null, jedes einzelne Haar in seinem Fell stand zu Berge, als hätte er die Zunge in eine Art Hochspannungsmilch getunkt, die zerrupften Ohren lagen flach am mottenzerfressenen Melonenschädel. Ich erinnere mich, daß ich noch gedacht habe, so hätte er, wenn er für das Musical vorspielen würde, bei der Theaterleitung bestimmt kein Glück, und dann überschlugen sich die Ereignisse.

Etliche Sekunden lang tasteten wir uns wie Sparrings-partner ab; ich schnappte wiederholt nach ihm und schnitt ihm durch vorgetäuscht zielloses Hin-und-her-Tänzeln den Weg ab, wogegen seine Bemühungen sich in ein paar glücklosen Tatzenhieben erschöpften, bis er endlich einsah, daß er hoffnungslos unterlegen war. Ich hatte ihn in die Flucht geschlagen. In wildem Zickzack-parcours sausten wir durch die Farbtöpfe und leeren Fla-schen und zerschlugen alles, was sich uns in den Weg stellte, bis wir das Garagentor erreichten, das, wie ich Ih-nen berichtet habe, mittlerweile zugefallen war. Jetzt hatte ich ihn da, wo ich ihn haben wollte. Kurze Ver-schnaufpause vor der zweiten Runde.

Das war der Augenblick, in dem ich ein Stück praktische Erfahrung machte, die Sie tunlichst in Erinnerung be-halten sollten, falls Sie mal in eine ähnliche Situation kommen. Dem in die Enge getriebenen Gegner, der kei-nen Ausweg mehr weiß, darf man nicht über den Weg trauen. Dasselbe sagt man, wie Sie sicher wissen, von Rat-ten und auch von hochgestellten Regierungsangehöri-gen, die mit der Hand in der Steuerkasse oder mit her-untergelassener Hose erwischt worden sind, und das ist wahrlich nicht nur leeres Gerede. Ungeachtet aller Kon-sequenzen flippen die einfach aus, auch wenn sie da-durch namenloses Leid über Unschuldige bringen. Und in diesem speziellen Fall war ich der Betroffene.

Ich hatte den Eindringling mit dem Rücken an der Wand, wie man so sagt, ans Garagentor gedrückt und ohne jede Chance, mir zu entkommen. Hätte er sich friedlich ergeben, hätte ich ihm lediglich eins übers Maul gewischt und ihn seines Weges ziehen lassen, aber nein, er kam – was schon mal der helle Wahnsinn war –

aus seiner Ecke und schlug – übrigens mit verblüffender Kraft für so eine kleine kugelrunde Kreatur – mir eins auf die Schnauze. Und er hatte auch noch die Krallen voll ausgefahren. Ich muß wohl meinem Urinstinkt gefolgt sein, vermute ich, denn das nächste, woran ich mich erinnere, war, daß ich einen Salto rückwärts unter gleichzeitiger Aufwärtsbewegung drehte und auf der Motorhaube des Autos landete. Kein ehrenvoller Abgang, mögen Sie denken, aber Sie waren's ja nicht, der einstecken mußte.

Und da mischte sich, angelockt durch den Lärm unserer Verhandlungen, das Management ein, indem es – vermutlich, um den Wagen zu retten – das Garagentor aufriß. Der Kater sauste, von mir in heller Wut, aber gemessener Eile verfolgt, auf und davon wie eine Fliege auf Schlittschuhen und nahm in den oberen Ästen eines Mandelbaums Zuflucht. Ich bezog an der Basis des Baumes Stellung und knurrte und stampfte und ließ das Barthaar zittern, als wäre ich wer weiß wie erpicht darauf, den Streit zu Ende zu führen, obwohl ich, zur Wahrheit ermahnt, einräumen würde, daß ich durchaus zufrieden damit war, alles so zu belassen, wie die Dinge nun mal lagen. Aber ich bin ja nicht zur Wahrheit ermahnt worden.

Einer der Nachteile des Lebens auf dem Lande besteht darin, daß man nie ganz gegen die Neugier seiner Nachbarn gefeit ist, die sich keine Gelegenheit entgehen lassen, das, was sie gerade tun, abrupt abzubrechen, um zuzusehen, was irgendein anderer tut. Nun, ich stand auf den Hinterbeinen und bemühte mich darum, überzeugend den Eindruck zu erwecken, daß ich im nächsten Moment den Baum hochklettern würde, als aus dem un-

126

terhalb unseres Hauses gelegenen Weinberg jemand etwas zu uns herüberrief.

»*Attention!*« ließ sich eine Stimme vernehmen. »Das ist der Kater von Madame Noiret! Er ist alt und gebrechlich! Halten Sie Ihren Hund zurück!«

Wir blickten uns um, das Management, der Kater und ich, und entdeckten ein mickriges Männchen, das auf seinem Traktor saß und, wie solche Typen das immer machen, wenn sie kurz vor einem Nervenzusammenbruch stehen, aufgeregt mit den Armen ruderte. Ich bellte. Der Kater fauchte und kletterte ein paar Äste weiter nach oben. Die andere Hälfte umklammerte mich von hinten. Und der kleine Wichtigtuer stieg von seinem Traktor und kam den Weg heraufgestampft, um uns mit seiner Anwesenheit zu beglücken.

Er bestand darauf, dem Management ausgiebig die Hände zu schütteln, was mir Gelegenheit gab, aus dem Griff der anderen Hälfte zu schlüpfen und ein wenig Abstand zwischen ihm und mir zu schaffen. Die Einladung des Managements, zurück ins Haus zu gehen, überhörte ich geflissentlich, hielt mich weiter schön außerhalb ihrer Reichweite und wartete im übrigen darauf, daß die Schwerkraft den Kater ihre magische Wirkung spüren ließe.

Er saß inzwischen recht unbequem oben im Wipfel und schwankte, zwischen den Ästen eingepfercht, bedrohlich im Wind, und ich genoß einen Tagtraum, in dem der Ast unter dem Fiesling brach – ein Mandelbaum ist ja nicht so stabil – und eine rotbraune Rakete sich ungespitzt in die Erde bohrte. Möge es allen Störenfrieden so ergehen!

Alarmstimmung und Aufregung am unteren Ende des

Baumes. »Der Kater muß gerettet werden, Madame Noiret muß erfahren, was geschehen ist, eine *crise dramatique* – was sollen wir bloß tun?« Ich für meinen Teil wußte genau, was ich tun würde: mich nicht unter Arrest nehmen lassen und geduldig darauf warten, daß der kleine Fettsack aus seinem Nest plumpste. Es sah ganz danach aus, daß der Wind immer mehr auffrischte, und wenn Sie je beobachtet haben, wie ein Kater nicht nur die Beherrschung, sondern gleichzeitig auch die Balance verliert, dann wissen Sie, was für ein herzerquickender Anblick das ist.

Die andere Hälfte murmelte irgendwas von einer unaufschiebbaren Verabredung und wollte sich klammheimlich aus dem Ring stehlen, aber unserem Traktorfahrer war bereits eine andere Lösung eingefallen. »Sie müssen eine Leiter holen und wiedergutmachen, was dem Kater widerfahren ist«, sagte er, »und ich gehe inzwischen Madame Noiret holen. *Allez!* Sehen wir zu, daß wir alle so schnell wie möglich wieder da sind!« Und schon stiefelte er in seiner falsch verstandenen Tierliebe los.

Die andere Hälfte schien dagegen Blei an den Füßen zu haben, bequemte sich aber schließlich, Richtung Garage loszuzockeln, kam mit einer ausstellbaren Leiter zurück und brachte es diesmal sogar fertig, sie aufzustellen, ohne sich dabei die Finger zu quetschen. Er klemmte sie im Geäst fest, fluchte unablässig vor sich hin und wurde von Madame ermahnt, seine Zunge zu hüten und sich bei der Auswahl der Worte, mit denen er den Kater bedachte, zu mäßigen. Als er die Leiter hochkletterte, fing der Baum auf vielversprechende Weise zu schwanken an, und der rotbraune Tom klammerte sich in Todesangst fest und stieß ein wütendes Fauchen aus.

Ich war gut plaziert und konnte in Ruhe verfolgen, wie sich die Dinge entwickelten. Die andere Hälfte machte beruhigende Laute und streckte die rettende Hand nach dem Kater aus, der sie prompt mit Zähnen und Klauen attackierte. Was ich ja schon immer sage: Katzen sind eben undankbare Geschöpfe. Sogar die andere Hälfte fand das eine oder andere treffende Wort, um die Brut zu beschreiben, als er – den Arm bis zum Ellbogen mit Schrammen bedeckt – zur Erde zurückkehrte, gerade rechtzeitig, um Madame Noiret und ihren Gefolgsmann zu begrüßen.

Sie war natürlich in heller Aufregung, rang ein ums andere Mal die Hände, jammerte und rief beruhigende Worte ins Geäst, um ihren kleinen Horrorproppen zu beruhigen – *Maman* sei ja da, und es gäbe auch zum Mittagessen eine doppelte Portion Kalbsleber, wenn er herunterkäme, und so weiter. Aber er war offenbar nicht darauf versessen, und nachdem alle die zerschundenen Arme der anderen Hälfte gesehen hatten, herrschte urplötzlich ein gewisser Mangel an Freiwilligen, die sich bereitgefunden hätten, hochzuklettern und Madame Noirets Liebling zu retten.

Wenn's nach mir gegangen wäre, hätte ich ihn bis zum Herbst da oben sitzen lassen, spätestens dann wäre er mit den welken Blättern heruntergefallen, aber Madame wurde in ihrer Seelenqual zur Furie. »Das ist alles Ihre Schuld«, hielt sie der anderen Hälfte vor. »Es war Ihr Hund, der meinen armen Hippolytos terrorisiert hat. Was, bitte, beabsichtigen Sie jetzt zu unternehmen?«

Worauf er – verständlich genug, fand ich, nachdem er

immerhin bereits Verwundungen davongetragen hatte – erwiderte: »Madame, Ihr Kater war in meiner Garage. Meine Leiter steht Ihnen zur Verfügung. Ich beabsichtige, meinen Arm zu verbinden, und dann werde ich mit an Sicherheit grenzender Wahrscheinlichkeit einen Drink brauchen, um mein Wohlbefinden wiederherzustellen. In diesem Sinne wünsche ich Ihnen einen guten Tag.«

Das verfing indessen überhaupt nicht. Madame Noiret blähte sich auf wie ein angeheizter Ballon und verlangte, das Telefon benutzen zu dürfen. Angesichts eines so unmenschlichen Verhaltens sei sie gezwungen, höherenorts um Hilfe zu ersuchen, sagte sie. »Engländern mangelt es vielleicht am nötigen Mitgefühl für die leidende Kreatur«, fügte sie hinzu, »bei uns Franzosen verhält sich das anders, wir sind nämlich eine zivilisierte Nation. Wir müssen die *pompiers* herbeirufen und Hippolytos von den mutigen Männern der Feuerwehr retten lassen.«

Alles um des lieben Friedens willen, lautete das Motto des Managements, und so gingen sie gemeinsam ins Haus, führten das Telefongespräch und funkelten sich gegenseitig wütend an. Für mich war das Ganze inzwischen ziemlich langweilig geworden, daher half ich der Labradorlady dabei, Teile des Gartens umzugraben, um mir bis zum Eintreffen der Jungs in Blau mit ihren Kränen und – hoffte ich – hydraulisch gesteuerten Katzenzangen die Zeit zu vertreiben. Die französische Feuerwehr ist sehr modern ausgerüstet, und ich malte mir im Geiste schon mit Vergnügen aus, wie Hippolytos mit gigantischen Greifarmen aus dem Baum gepflückt wurde.

Wie sich allerdings herausstellte, wurde nicht ganz der erheiternde Höhepunkt daraus, den Sie vielleicht erwartet haben. Die *pompiers* erschienen pflichtgemäß auf dem Plan, und wir alle eilten den Weg hinunter, um sie willkommen zu heißen, Madame Noiret voraus, Freudenschreie der Erleichterung und fromme Segenssprüche für jeden in blauer Uniform auf den Lippen und den Finger gerechter Empörung auf die andere Hälfte gerichtet. Sie war schon ein widerlicher, herrschsüchtiger alter Drachen und hatte das, was anschließend kam, durchaus verdient.

Der Feuerwehrhauptmann schnitt ihr mitten in ihrem Lamento das Wort ab und fragte, wo sich der in Lebensgefahr schwebende Kater befände. »Folgen Sie mir!« lautete Madame Noirets Order. »Bringen Sie Ihre Männer und die nötige Ausrüstung mit – und das Ganze *vite!* Wir dürfen keine Minute verlieren.«

Und so nahm die Prozession ihren Weg hügelaufwärts zum Mandelbaum, und Madame Noiret rief unablässig in jener Übelkeit erregenden Weise, in der manche Leute ihren Katzen um den Bart streichen, nach ihrem lieben Hippolytos, aber dann herrschte auf einmal nur noch unheilschwangeres, verlegenes Schweigen. Der Baum war leer. Geradezu entvölkert. Hippolytos hatte endlich einen Funken Vernunft gezeigt und, während jeder von uns anderweitig engagiert und die Luft rein war, das Weite gesucht.

Aber das Beste kam noch. Madame Noiret war, da sie angerufen hatte, verpflichtet, für den Einsatz zu zahlen, zu dem die gesamte Streitmacht der Feuerwehr ausgerückt war, obwohl überhaupt kein zwingender Grund vorlag. Sie protestierte und hörte gar nicht mehr auf zu jam-

Der Baum war geradezu entvölkert

mern, wie das die Leute immer tun, wenn's ihnen an den Geldbeutel geht. Doch da half alles Zetern nichts, der Feuerwehrhauptmann schrieb ihr ungerührt an Ort und Stelle die Rechnung aus.

Die andere Hälfte schmunzelte, ungeachtet aller Blessuren, den Rest des Tages vergnügt vor sich hin.

Die Weinprobe

Wenn Sie, wie ich, mit einem Hang zu logischem Denken, der inneren Bereitschaft, auch mal fünfe gerade sein zu lassen, und absolut keiner Neigung zu Gewissensbissen gesegnet sind, dann gibt es einen Aspekt menschlichen Verhaltens, der einem ganz schön auf die Nerven gehen kann. Die Themen, um die es geht, werden stets mit gesenkter Stimme und in geheimnisvollem Ton abgehandelt: Nicht zuviel von dem und um Himmels willen ganz wenig von jenem, Diät und Abstinenz und Askese, am besten helfen kalte Bäder vor dem Frühstück und die regelmäßige Lektüre moralisch erbaulicher Schriften. Falls Sie Freunde in Kalifornien haben, sind Sie damit und vielleicht auch mit Schlimmerem bestimmt schon konfrontiert worden. Ich persönlich bin eingefleischter Anhänger der Philosophie des Leben-und-leben-Lassens, vorausgesetzt, daß jeder seine Neigungen für sich behält. Wenn's einer unbedingt will, soll er dem Weg der Selbstverleugnung folgen; was immer ich dazu sagen könnte, es wären doch nur Perlen vor die Säue geworfen. Ich gehöre nicht zu denen, die zu irgendwas bekehrt werden möchten, nein, davon will ich gar nichts hören.

Unglücklicherweise kann man nicht immer einen Bogen um alle Auswüchse der Selbstgerechtigkeit machen, und das Merkwürdige ist, daß man dem tiefeingewur-

zelten Mißtrauen gegenüber allem, was Freude macht, nirgendwo so ausgeprägt begegnet, als wenn es ums Trinken geht. Die Leute nehmen recht gern einen Schluck zur Brust, das ist mir schon kurz nach meiner Ankunft im Haus der tausend Flaschen (von denen die meisten leer sind) klargeworden. Aber die Prozedur der Aufnahme von Flüssigkeit gestaltet sich sehr selten so natürlich und spontan, wie sie eigentlich vollzogen werden sollte. Das Ganze ist nämlich eine Frage der Uhrzeit. Ich kann gar nicht aufzählen, wie oft ich das schon beobachtet habe: Wenn jemandem ein Drink angeboten wird – was ist das erste, was die meisten Leute tun? Sie sehen auf die Uhr. Als ob das irgendwas mit dem Durst zu tun hätte. Dann akzeptieren sie das Angebot, alle ohne Ausnahme, aber erst, nachdem sie ihr Widerstreben deutlich gemacht haben. Meistens berufen sie sich auf die äußerst hilfreichen internationalen Zeitzonen: Irgend jemand nuckelt irgendwo auf der Welt sowieso seinen Hochprozentigen on the rocks, und das scheint zu genügen, um das eigene Gewissen kuschen zu lassen.

Und dann kommen die individuellen Ausflüchte, obwohl ich im Grunde nicht verstehe, warum die Leute sich damit aufhalten. Ich brauche nie einen Vorwand, um mal richtig zuzulangen und die Sau rauszulassen. Aber die Leute wollen nicht darauf verzichten, und sie greifen dabei nach jedem Strohhalm. Geburtstage, Hochzeiten, Todestage, die Ankunft des neuen Jahres, die Abreise der Schwiegermutter, der Jahrestag des Ablebens von Napoleons Lieblingspferd – die Liste ist lang, dem Einfallsreichtum sind keine Grenzen gesetzt. Ich habe schon Flaschen kreisen sehen, bloß weil jemand den ersten Kuckuck des Jahres gesichtet hatte. Dennoch ist nach meiner Erfahrung kein Vorwand so durchsichtig wie der einer Weinprobe. Wenn Sie mich fragen: eindeutig das Musterbeispiel für einen Exzeß aus niederen Beweggründen, dürftig verschleiert durch die Behauptung, man wolle seine Bildung erweitern. Aber am besten, Sie lesen einfach weiter und bilden sich selbst ein Urteil.

Der Lokalmatador bei solchen Anlässen ist ein kleines Männchen mit Säbelbeinen, das immer die Taschen mit Korkenziehern vollgestopft hat und bei seinen Verehrern nur Gaston, die Nase, heißt. Er versorgt viele der in unserer Gegend Ansässigen mit Wein, der, darauf schwört er Stein und Bein, Tropfen für Tropfen auf dem Grund und Boden seiner Familie gewachsen und nur ei-

Ich brauche nie einen Vorwand,
um mal richtig zuzulangen

136

nem handverlesenen Häuflein Auserwählter zugänglich ist. Das geht dem Landadel und denen, die dazugehören wollen, runter wie Öl. Wenn einer sie irgendwie bauchpinselt, dann glauben sie ihm aufs Wort. Darüber hinaus kommt ihnen Gastons Gepflogenheit, die Weinprobe bei ihnen zu Hause abzuhalten, sehr zupaß, weil ihnen dadurch der beschwerliche Heimweg nach einigen weinseligen Stunden des Verkostens erspart bleibt. Ich weiß nicht, wie Gaston es fertiggebracht hat – es würde mich nicht wundern, wenn Bestechung im Spiel gewesen wäre –, jedenfalls hatte er eines schönen Tages das Management dazu überredet, die Türen seines stattlichen Anwesens weit für ein zwangloses Treffen zu einer *dégustation extraordinaire* zu öffnen. Also, Freunde einladen – pünktlich zwölf Uhr mittags, und vergeßt euer Scheckbuch nicht. Denn, Sie wissen ja, die Leitidee besteht darin, die Klientel beschwipst zu machen und in die Stimmung zu bringen, in der man besonders großzügige Bestellungen aufgibt.

Gaston tauchte frühzeitig auf, um alles gebührend für das große Ereignis vorzubereiten. Er ist, wie schon gesagt, ziemlich kleinwüchsig – was nicht für seine Nase zutrifft, die ist wahrhaft hervorstechend –, und wenn man ihm zusah, wie er geschäftig raus und rein huschte, um seine Schätze zusammenzutragen, konnte man meinen, man hätte einen Jockey vor sich, der verzweifelt sein Pferd sucht. Er reihte all seine Kostbarkeiten auf dem Tisch auf: ganze Flaschenbatterien, spezielle Gläser, kleine Spucknäpfe und Papierservietten, weil's ja Leute gibt, die gelegentlich sabbern. Dann holte er den zeremoniellen Korkenzieher hervor, und während er die Flaschen öffnete, fing er an, leise schmachtende Weisen vor sich hin zu summen. Wenn man ihm glauben wollte, war jede Flasche ein kleines Juwel, und so wieselte er alle naslang in die Küche, um Madame, die mit den Vorbereitungen fürs Essen alle Hände voll zu tun hatte, einen Korken unter die Nase zu halten. Erstaunlicherweise hörte sogar die andere Hälfte mal auf, Bleistifte zu spitzen, um mit Hand anzulegen, und so bekam das Eßzimmer in Null Komma nichts Ähnlichkeit mit einem Erfrischungsstand beim Dorffest.

Durst erzieht zur Pünktlichkeit, vermute ich, weil die Dionysosjünger Schlag zwölf vollständig versammelt waren. Lauter bekannte Gesichter, die meisten jedenfalls – Eloïse, die Aquarellmalerin, die leider wegen einer inneren Blockade nicht dazu kommt, ihr Talent zu erproben, ihr Ehemann, ein begnadeter Trinker und bislang verhinderter Buchautor, Angus, der Exilant aus Schottland, Jules und Jim aus dem Dorf, dazu das Pärchen, das ein Stück weiter talaufwärts Schnecken züchtet, und ein englischer Gentleman namens Charles, der, man sieht's auch an seiner Rotweinnase, im Weinhandel tätig ist. Mit anderen Worten, ein kunterbuntes Gemisch aus dem Bodensatz der lokalen Society, das da beisammensaß, ungeduldig mit den Füßen scharrte und auf das erste Glas des Tages wartete.

Es war heiß draußen, und so beschloß ich, im Schatten unter dem Tisch zu bleiben und darauf zu hoffen, daß mir von Zeit zu Zeit von oben der eine oder andere Happen zugedacht wurde. Madame hatte sich in der Küche selbst übertroffen, es gab Salami, diverse Teigwaren, Schinken, Törtchen der verschiedensten Geschmacksrichtungen und eine Käseauswahl. Bei vorangegangenen Gelegenheiten hatte ich die Erfahrung gemacht, daß Wein zitterige Hände macht. Die Finger packen nicht mehr richtig zu, und so herrscht gewöhnlich für die, die auf der Lauer liegen, kein Mangel an tiefffliegenden Delikatessen. Aber alles im Leben hat eben seinen Preis, und so war ich genötigt, mir streckenweise den blühendsten Unsinn anzuhören, der mir, seit ich den Streß mit dem Fernsehen aufgegeben habe, je zu Ohren gekommen ist.

Es fing sozusagen schleichend an, Gaston dozierte mit piepsendem Stimmchen über die Regeln der *dégustation* und darüber, daß es eminent wichtig sei, das Prozedere genau zu beachten, damit der Gaumen darauf eingestimmt werde, die schrittweise gesteigerte Finesse des Geschmacks zu genießen, über die nicht zu unterschätzende Bedeutung des Geruchssinns und dergleichen Hokuspokus mehr. Daran schloß sich eine kurze Periode der andächtigen Stille an, vermutlich, weil sich alle hingebungsvoll über ihre Gläser beugten, und dann – ich schoß mit einem Ruck hoch, weil ich dachte, nun hätten die Installationsanlagen des Hauses endgültig ihren Geist aufgegeben –, dann schwoll plötzlich die Geräuschkulisse gewaltig an.

Sich abfüllen, das ist das richtige Wort. Und sie füllten sich unisono ab. Sie gurgelten, produzierten quälend in die Länge gezogene Schluckgeräusche und fingen zu spucken an. Ich habe Kinder gekannt, die man wegen weit weniger ungehöriger Tischmanieren auf der Stelle ins Bett geschickt hat, aber die, die da oben saßen, schienen in höchstem Maße mit sich zufrieden zu sein, und Klein-Gaston beglückwünschte sie zu ihrer, wie er es nannte, professionellen Technik. Wohlgemerkt, er hätte vermutlich dasselbe gesagt, wenn die illustre Versammlung auf die Idee gekommen wäre, sich splitternackt auszuziehen und durch einen Strohhalm zu schlürfen. Hauptsache, sie gaben am Ende des Tages eine ansehnliche Bestellung auf. Meiner bescheidenen Meinung nach gehören Lobhudeleien von jemandem, der einem partout was verkaufen will, zu jenen Komplimenten, hinter die man getrost ein Fragezeichen setzen darf.

Die Schlürf- und Schluckgeräusche dauerten mit unverminderter Heftigkeit an, aber mir fiel auf, daß mit fortschreitender Zeit immer seltener ausgespuckt wurde. Und dann, nach einem besonders ausgedehnten geräuschvollen Intermezzo allgemeinen Glucksens und Gurgelns, durften wir einigen angelernten Kommentaren lauschen, die huldvoll von Charles, dem Gentleman aus der Weinbranche, dargeboten wurden. »Brombeeren«, murmelte er, »Trüffel, Gewürze, ein Schuß Heimtücke, alles in allem bemerkenswert abgerundet. Aber«, fügte er schelmisch fragend hinzu – und das brachte alle zum Schweigen, woran man merken konnte, wie angeschickert sie schon waren –, »ist er nicht ein bißchen zu jung, um so spät noch aufzusein?«

»*Mais non*«, piepste Gaston und richtete sich, was bei ihm ja nicht viel hieß, zu voller Größe auf. »Dieser Wein ist erquickend frühreif. Er hat Körper, Vitalität, Charakter, ein reifes Spiel. Ausgesprochen reintönig, würde ich sagen. Nun ja, vielleicht einen etwas kecken Schwanz. Aber er berechtigt zu den schönsten Hoffnungen.« Darauf wurden die Gläser wieder gefüllt, und all die anderen Kenner konnten ihren Senf dazugeben.

Die Debatte wies alle Merkmale einer interessanten Kabbelei auf, bei der das französische Kontingent geschlossen gegen den Mylord aus England Front machte. Er schielte, links und rechts an seiner Nase vorbei, aufs Tischtuch, und dann beging er den Fehler, ein Loblied auf die berühmten Tropfen aus Bordeaux anzustimmen. Da hatte unsere Seite natürlich Oberwasser. Unter Kichern und Prusten erkundigten sich Jules und Jim, wie denn der heurige Jahrgang in Basingstoke ausgefallen sei, und dann fing die Diskussion gerade an, vielversprechend an Schärfe zu gewinnen, als Eloïse aus ihrer Trance erwachte. »Der Geist des Weines«, sagte sie, »ist zweifellos gebrannter Umber. Ich erkenne es. Ich kann die Aura sehen. Wir Künstler haben für solche Dinge ein Gespür.« Dabei hatte sie ihr Leben lang keinen Pinsel in den Fingern gehalten.

In einer weniger exaltierten Runde hätte diese Bemerkung natürlich als untrügliches Zeichen für ein Delirium dritten Grades gegolten, und Eloïse wäre unverzüglich mit einem Glas Wasser in einen abgedunkelten Raum verbannt worden. Aber, man höre und staune, der im Eßzimmer versammelte Rat der Weisen nahm Eloïses Sentenz mit großem Ernst auf, und meine Hoffnung auf eine lautstarke Zuspitzung in den internationalen Beziehungen verkümmerte vollends, als die Runde das Thema wechselte und eine Diskussion über die Aura der Weine begann. Na, da frage ich Sie doch!

Obwohl ich, wie schon erwähnt, allzeit ein lebhaftes Interesse an Studien über den Menschen an sich habe, ist das Maß an Unsinn, den ich mir anhören kann, begrenzt, und im übrigen wurde es sowieso allmählich Zeit für meinen Nachmittagsspaziergang. Den mache ich gewöhnlich in der Gesellschaft des Managements, aber das saß, während die Unterhaltung immer alberner wurde, mit gefrorenem, glasigem Grinsen wie angewurzelt auf

Die geschulte Nase

seinen Stühlen, so daß ich beschloß, mich davonzustehlen und es ihnen zu überlassen, wie sie über die Runden kamen.

Ehrlich gesagt, die Gelegenheit, mal allein loszustrolchen, kam mir nicht ungelegen, weil ich mich ohnehin seit längerem mit der Absicht trug, ein benachbartes Bauernhaus aufzusuchen, wo eine neuangekommene Hündin Quartier bezogen hatte. Aus der Ferne hatte ich sie schon gesehen, vom Waldweg aus. Ein bezauberndes kleines Ding, das muß ich sagen, und perfekt gewachsen. Ich hätte ihr schon früher meine Aufwartung gemacht, aber das Management hat mich jedesmal weggezerrt. Tja, und so überließ ich die Tischrunde ihren blitzgescheiten Erörterungen und stahl mich aus dem Haus. Ein nettes kleines Techtelmechtel in einem Weinberg, so dachte ich, war genau das richtige, um nach dem intellektuellen Rigorosum bei der heutigen Verkostung wieder einen klaren Kopf zu bekommen.

Man darf bei solchen Gelegenheiten nichts überstürzen. Nennen Sie mich meinetwegen einen Hund von gestern, aber ich halte nun mal nichts davon, völlig außer Atem und mit hängender Zunge bei einem Stelldichein zu erscheinen. Es bringt nichts, wenn man einen zu ungestümen Eindruck macht. Abgesehen davon durchquere ich den Wald aus Prinzip nicht im Eiltempo, aus Furcht, ich könnte irgendwas verpassen. Ich ziehe es vor, bedächtig durch mein Revier zu streifen – der Herr der Wildnis und die Geißel all jener kleinen Wesen, die so überaus hübsch quietschen.

Der Wald verändert sich von einem Tag zum anderen, müssen Sie wissen, möglicherweise nicht für das menschliche Auge, bestimmt aber für die geschulte Nase. Man kann riechen, wo Jagdhunde gewesen sind und ob ein wilder Keiler den Weg gekreuzt hat, ob Kaninchen herumgehoppelt sind und natürlich auch, wo ein Mensch langgetrampelt ist. Und über allem liegt der trockene, stechende Duft von Piniennadeln und Wildkräutern, in den sich, wenn's ein Glückstag ist, der Geruch eines altbackenen Schinkensandwichs mengt, das ein Wanderer zurückgelassen hat. Ja, ja, die Natur ist immer für eine Überraschung gut.

Ich streifte also im weiten Bogen unter den Bäumen entlang, legte hin und wieder einen kleinen Spurt ein, mal hierhin, mal dahin, als gewisse Geräusche und eine spezielle Duftnote meine Aufmerksamkeit weckten, so daß ich mir rasch einen Aussichtspunkt auf einem Hang oberhalb des besagten Bauernhauses suchte. Ich schaute hinunter, und siehe da, dort lag meine kleine Prinzessin – angebunden unter einem Vordach, friedlich schnarchend, ein Bild der Unschuld. Nun, dachte ich, dem werden wir schnell ein Ende machen, hielt mich jedoch fürs erste noch zurück – nicht aus galanten oder romantischen Gefühlsanwandlungen, um der Wahrheit die Ehre zu geben, sondern weil ich ganz sicher gehen wollte, daß nicht irgendein alter Trottel mit einer Flinte irgendwo in den Kulissen herumlungerte.

Die Luft war rein, ich schlich auf leisen Sohlen näher. Aus der Nähe betrachtet, war sie sogar noch kleiner, als ich gedacht hatte, mit einem erfrischend jungen Duft und einem süßen kleinen Bärtchen. Ich weckte sie mit einem freundlichen Nasenstüber in die Seite auf. Sie sprang hoch, jaulte kurz auf, biß mich und zwängte sich hinter einen großen Blumentopf – falls Sie nicht so mit unseren Gepflogenheiten vertraut sind: lauter untrügliche Anzeichen für spontane Zuneigung. Verwirrend sind die Wege der Liebe – wie wahr, wie wahr.

Wir schäkerten miteinander. Oder vielmehr, ich gab mir alle Mühe, mit ihr zu schäkern, und nach einigem Tändeln schien sie auch nicht abgeneigt zu sein, zum Kern der Sache zu kommen, aber es gab da ein ernstzunehmendes Hindernis. Ich war doppelt so groß wie sie, und ohne künstliche Hilfsmittel gab es keine Möglichkeit, mit ihr in engere Verbindung zu treten, wenn Sie mir folgen können. Im Lichte späterer Ereignisse ist es von entscheidender Bedeutung, das in Erinnerung zu behalten, aber einstweilen können Sie auf mein Wort bauen: Das Fleisch war schwach, aber wir scheiterten an den praktischen Gegebenheiten.

Ich pflege in solchen Fällen nicht mit einem Achselzucken aufzugeben, aber als es dämmerte und ich immer noch nach einer Möglichkeit suchte, das Problem durch logisches Vorgehen zu lösen, endete das Intermezzo jäh mit einer Art Paukenschlag. Ah – Sie denken vielleicht, die Erde habe sich aufgetan oder so was? Nichts dergleichen. Ganz in meine Bemühungen vertieft, hatte ich gar nicht bemerkt, daß wir beobachtet wurden, jedenfalls nicht, bis ich einen gewaltigen Tritt in die Rippen bekam und die zornigen Schreie des Hausherrn hörte, der von seinem Plauderstündchen mit den anderen Kumpanen vom Männer-Handarbeitskurs nach Hause kam und uns, wie er in seiner schmutzigen Phantasie vermutete, *in flagranti crimine* erwischte.

Wieder einmal ein Augenblick, in dem sich die vorgebliche Sprichwortweisheit »eile mit Weile« als barer Unsinn entlarvte. Ich kehrte zu meinem Aussichtspunkt am Hang über dem Haus zurück, duckte mich hinter einen

Busch und fing zu grübeln an. So nah und doch so fern, dachte ich. Ein unglückliches Liebespaar, durch die Fügung des Schicksals einander entrissen, unerfülltes Verlangen. Und dann, als ob das alles noch nicht genug wäre, spürte ich auf einmal das alles beherrschende Gefühl einer Leere, bei dem mir einfiel, daß ich heute mittag keinen Lunch bekommen hatte. Und so trat ich, während sich die Dämmerung zur Nacht mauserte, den Heimweg an, vergaß die bittersüßen Erinnerungen und malte mir statt dessen die Leckerbissen aus, die meiner in der Küche harrten. Es liegt mir eben nicht, mich nutzlos schmachtend zu verzehren. Jedenfalls nicht mit leerem Magen.

Nach Einbruch der Dunkelheit herrscht im Wald normalerweise kein übermäßiges Gedränge, und so war ich überrascht, auf einmal vor mir – auf dem Pfad und links und rechts unter den Bäumen – den Schein von Taschenlampen auszumachen. Ich blieb erst mal stehen. Fremde in der Nacht, da ist Vorsicht geboten. Es konnten Jäger sein, und ich war keineswegs darauf erpicht, irrtümlich für irgendwas Genießbares gehalten zu werden. Man hört ja immer wieder von Unfällen, und Jäger stehen überdies in dem Ruf, erst zu schießen und danach ihr Bedauern auszudrücken, wie sie's – gestern erst – bei Madame Noirets Kater getan haben. Aus meiner Sicht kein großer Verlust, aber die Ärmste hat's doch hart getroffen.

Ich wich ein Stück vom Pfad ab, bis ich zwischen den Taschenlampen und mir eine ausreichende Sicherheitszone geschaffen hatte und im unsteten Lichtschein in aller Ruhe die merkwürdigen Gestalten beobachten konnte, die da durchs Unterholz torkelten, gegen Bäume prallten, mit gestelzter Anmut über Felsbrocken stiegen oder mit dem eigentümlichen plötzlichen Plumps auf dem Waldboden Platz nahmen, zu dem es immer dann kommt, wenn einem ohne Vorwarnung die Beine wegknicken. Erst als einer von ihnen vor Schmerz aufschrie, weil er sich für die jähe Bodenberührung eine ausgesprochen harte Stelle ausgesucht hatte, erkannte ich die Stimme wieder. Ich ging etwas näher heran und sah, daß es tatsächlich Gaston, die Nase, war, umgeben von der fröhlichen Schar seiner Weinkenner. Das Tagesprogramm schloß offensichtlich nach ausgiebiger Verkostung einen Bummel durch die Natur ein.

Ich dachte, sagst dem munteren Völkchen, bevor du nach Hause gehst, mal eben hallo, baute mich hinter Gaston, der sich das schmerzende Hinterteil rieb, auf und machte mich höflich durch Bellen bemerkbar.

Was für ein Willkommen! Gaston vergaß im Nu seine lädierte Sitzfläche und rief den anderen zu: »Hol mich der Daus, es ist Boy. Ich hab ihn gefunden. Madame wird überglücklich sein« – und weiß Gott was noch alles, und während sich alle um mich scharten und mich tätschelten und mit säuselndem Entzücken auf mich einredeten, wurde mir klar, daß sie tatsächlich aus Sorge um mich zu einer Suchaktion aufgebrochen waren. Wahrscheinlich würden sie jetzt noch durch den Wald irren, wenn ich sie nicht gefunden hätte – aber bitte, darauf will ich nicht herumreiten, die gute Absicht war aller Ehren wert.

Madame strahlte vor Freude, wie sich's gehört, und nachdem sie sich kurz der Pflichtübung unterzogen hatte, mich halbherzig auszuschimpfen, wurde das Dinner serviert. Vorzüglich und vor allem reichlich, mit einem

Bonus in Form von einem Happen kurzgebratenem Hühnchen in Marsala (für das ich eine besondere Vorliebe habe), wahrscheinlich, um mich am Ende eines anstrengenden Tages wieder ein bißchen aufzupäppeln. Und daran, werden Sie annehmen, schloß sich nur noch der Sprung ins Körbchen an – und Licht aus.

Aber so kam's nicht, und damit knüpfe ich wieder an meine vorangegangene Bemerkung an, daß die Leute, wenn sie was trinken wollen, immer auf der Suche nach einem Vorwand sind, wie fadenscheinig er auch sein mag. Diesmal mußte meine glückliche Heimkehr von wer weiß was für namenlosen Schrecken als Grund zum Feiern herhalten, und so stürmten sie gleich wieder dahin, wo die Flaschen standen, Gaston mit geschwungenem Korkenzieher allen voran, und der Rest drängte sich um ihn wie Kamele nach einem Monat in der Wüste um das Wasserloch. Das letzte, woran ich mich erinnern kann, bevor ich unter dem Tisch eingenickt bin, ist die Bemerkung, daß Rosé nicht wandert. Nun, an Ihrer Stelle würde ich mir das nicht allzusehr zu Herzen nehmen. Den wirklich Guten wird ein kleiner Spaziergang nichts schaden.

Gottesurteil durch ein Huhn

Der frühe Morgen hat manchmal seinen eigenen Zauber. Wenn die Sonne nach den Baumwipfeln hascht, ein ganz bestimmter Biß in der Luft hängt und der Tau an den Pfoten kitzelt, beginnt man zu ahnen, daß der Tag nur Gutes bringen kann, und das wohlige inwendige Schaudern, das sich nur einstellt, wenn's einem so richtig wohl ums Herz ist, läßt die Ahnung zur Gewißheit werden. Dann juckt's einen – wenn Sie wissen, was ich meine, das Blut singt in den Adern, man könnte es glatt mit jedem aufnehmen. An so einem Morgen mache ich gern einen Kontrollgang durch den Weinberg, in der Hoffnung, irgendwas zu finden, was klein und unwichtig ist und was man mal gehörig erschrecken kann. Man sagt mir, daß sich in den Fluren der großen Firmen etwas Ähnliches abspielt, wenn der Obermohr aus der Teppichetage seine Runden dreht und herumspioniert, was die Sekretärinnen und die jüngeren Angestellten so treiben, kurzum, wenn er sich am Bewußtsein der eigenen Allmacht berauscht. Das Prinzip ist dasselbe, nur daß ich Ausschau halte nach allem, was Federn oder ein Fell hat, und er nach kurzen Röcken und dunklen Anzügen.

Der Weinberg war kühl und klamm, kopfhohe grüne Tunnel, die sich über den ganzen Hügel erstreckten, und weit und breit kein Jäger zu sehen, einstweilen je-

denfalls nicht. Für die Nimrodjünger habe ich, wie Sie wissen, nie viel übrig gehabt, hauptsächlich deshalb, weil sie sich einfach nicht durch die Botanik bewegen können, ohne Lärm zu machen, und dadurch uns anderen die Tour vermasseln. Ein einziger Jäger, der sich auf Zehenspitzen anschleicht, macht so viel Krach, daß er sämtliche Lebewesen von hier bis Gott weiß wohin verscheucht. Es soll ja Kreaturen geben, die den ganzen Winter über schlafen, aber ich frage mich, wie die überhaupt ein Auge zutun können, wenn es ringsum dauernd stampft und trampelt und flucht. Nun, vielleicht stumpft bei unseren Freunden, während sie ihren Winterschlaf halten, das Gehör immer mehr ab? Es ist schon was Wunderbares, wie sich in der Natur alles an veränderte Umweltbedingungen anpaßt.

Während mir dieser tiefschürfende Gedanke durch den Kopf ging, entdeckte ich am Ende der Rebstockreihe eine Versammlung von Hühnern und verharrte einen Augenblick, um den Faden meiner philosophischen Betrachtungen zum Evolutionsprozeß weiterzuspinnen. Da haben wir's also mit einem Vogel mit Flügeln zu tun, der trotzdem nicht in der Lage ist zu fliegen und dessen einzige Bestimmung darin zu bestehen scheint, blöde zu gackern und wahllos, wie's gerade kommt, Eier zu legen. Sehr sonderbar, wenn man darüber nachdenkt. Und damit setzte ich, leicht irritiert, einen Punkt hinter meine Reflexionen und wurde zur Bestie auf Beutefang. Wie ein Gespenst aus dem Nichts fiel ich über meine Opfer her.

Sie müssen zu viert oder fünf gewesen sein, und sie kratzten und scharrten in der Erde herum und bewegten ruckartig die Köpfe auf und ab – eigentlich gar nicht viel anders als die Menschen, wenn sie dem Drang erliegen, das Tanzbein zu schwingen –, als ich aus der Deckung sprang und auf das Huhn zujagte, das aussah, als wäre es das älteste und langsamste in der Gruppe potentieller Suppenhühner.

Weg war die Henne, zusammen mit den anderen. Für Federvieh entwickelten sie eine keineswegs artgerechte, verblüffende Geschwindigkeit und krakeelten, als hätte ich sie schon an der Gurgel. Im Stil und Tempo von Hundertmeterläufern durchquerten wir den Weinberg. Ich vermute, wenn die Beute, hinter der man her ist, schneller rennt als man selber, dann will man's erst recht wissen. Ich kann es nicht anders beschreiben, diese Hennen legten los wie rassige Vollblutpferde. Immerhin, als sie ein Gattertor passierten und Zuflucht auf dem Hof eines ziemlich heruntergekommenen Bauernhofs suchten, war ich ihnen dicht auf den Fersen. Jetzt habe ich euch, dachte ich. Ein Huhn auf umzäuntem Gelände ist ein verlorenes Huhn. Und so schlenderte ich, weil es nun nicht mehr auf Tempo ankam, hinter ihnen her und traf meine Auswahl unter den Schnäppchen des Tages.

Rechne nie damit, daß du dein Hühnchen schon im Topf hast, wie Voltaire – ich glaube, er war's – zu sagen pflegte, und er hatte recht. Freilich, sie waren da, versteht sich, aber nicht allein. Am Holzstapel trieb sich ein unfreundlich dreinschauender alter Knacker herum, mit der Motorsäge in der Hand, ein irres Glitzern in den Augen, eine Visage wie ein Wurzelzwerg, Schlägermütze und Stiefel. Den Typ kannte ich aus meiner Jugendzeit. Eine wandelnde Warnung vor den Gefahren der Inzucht und zuviel billigem Rotwein zum Frühstück. Ich verstehe nicht, wieso die Polizei solchen Burschen erlaubt, frei rumzulaufen, aber so sind die Zeiten nun mal. Ich mimte die Unschuld vom Lande, als wäre ich zufällig auf einem harmlosen Spaziergang vorbeigekommen und dächte nicht im Traum daran, seine wertvollen Hennen zu belästigen, und nickte ihm zu. Er starrte mich an, und dann fixierte er das alte Suppenhuhn. Das war, völlig am Ende seiner Kräfte, in einem Winkel des Hofs zusammengebrochen und schien Schwierigkeiten beim Atmen zu haben. Hühner sind nun mal nicht für längere Sprints geschaffen, und die Anstrengung und Aufregung verlangten ihren Zoll.

Nun, man konnte es förmlich in seinem Hirn ächzen und knacken hören, als er sich bemühte, zwei und zwei zusammenzuzählen. Irgendwie muß ihm schließlich gedämmert haben, daß es womöglich einen kausalen Zusammenhang zwischen meiner Anwesenheit und dem Erschöpfungszustand seines Huhns geben könnte, jedenfalls legte er die Motorsäge weg und griff nach dem nächsten Holzscheit. Ich bin ziemlich schnell, wenn's darum geht, einen Fingerzeig zu deuten, und so vollführte ich eine scharfe Kehrtwendung und war schon Richtung Weinberg unterwegs. Als ich kurz haltmachte und zurückblickte, stand er, das Scheit in der Hand, am Hoftor, beobachtete mich und ließ sich, vermute ich, unfreundliche Gedanken durch den Kopf gehen. Ich nahm mir vor, immer darauf zu achten, daß wir uns künftig nie zu nahe auf die Pelle rückten.

Sie können sich meinen Schreck vorstellen, als es abends an die Tür hämmerte und niemand anderes als der Herr der Hühner auf der Schwelle stand. Er war gekommen, um ein paar Takte mit dem Management zu

Ich mimte die Unschuld vom Lande

reden, und schon die ersten Sekunden deuteten darauf hin, daß es sich nicht um einen Höflichkeitsbesuch handelte.

Aber – Ehre, wem Ehre gebührt – das Management tat sein Bestes, um höflich zu sein, bat ihn, hereinzukommen, drückte ihm einen Drink in die Hand und übersah geflissentlich die Dreckspritzer und Schmutzspuren, die er auf dem Fußboden hinterlassen hatte. Ich blieb taktvoll außerhalb der Sichtweite in der Küche, machte Segelohren und lauschte.

Man wechselte ein paar einleitende Worte, dann hob Roussel, so nannte er sich, an, seine Schauergeschichte zu erzählen. Er habe heute morgen, sagte er, den schmerzlichen Verlust seines ertragreichsten Huhns hinnehmen müssen – ein Huhn überdies, das er vom Ei an zu erhabener Reife großgezogen habe und das ihm sehr ans Herz gewachsen sei, ein Huhn von herausra-

154

gender Charakterstärke und mit liebenswerten Eigenschaften, eine wahre Königin unter den Hühnern. Und dieses mit Gold nicht aufzuwiegende Musterexemplar habe nun infolge einer Herzattacke auf einmal die Beine in die Luft gestreckt und den Geist aufgegeben. Er schniefte ein-, zweimal vernehmlich in seinen Drink, damit das Management die ganze Tragik seines Verlustes ermessen konnte.

Das Management ließ höfliche Laute des Entsetzens und Mitgefühls vernehmen, aber ich merkte sofort, daß sie keine blasse Ahnung hatten, wieso sie in das Gedenken an die liebe Verblichene mit einbezogen wurden. Ich wußte natürlich, was nun kam, und das ließ auch nicht lange auf sich warten.

Roussel ließ sich bereitwillig einen zweiten Drink aufnötigen, hielt mannhaft die Tränen zurück und kam zum geschäftlichen Teil. Die Herzattacke, die dem Leben eines der edelsten Geschöpfe, die je an Mutter Naturs Busen herangewachsen waren, so jäh ein Ende gesetzt hatte, sei die Folge von Überanstrengung gewesen, sagte er, und zwar, weil das Huhn versucht habe, den erbarmungslosen Fängen eines wilden, ungezähmten Hundes zu entkommen. Merket auf: eines Hundes, der in diesem nämlichen Haus lebe. *Beh oui.* In diesem nämlichen Haus.

Ich zog mich, während das Management dabei war, die volle Tragweite der Nachricht zu erfassen, etwas tiefer in die Küche zurück, aber so, daß ich Madame und die andere Hälfte im Blick behalten konnte. Sie baten Roussel um einen Beweis. Immerhin gäbe es ja, sagten sie, Dutzende von Hunden im Tal, von denen die allermeisten aus dem einen oder anderen Grund übel beleumundet

Die ganze Tragik seines Verlustes

seien. Was ihn denn so sicher mache, daß er den Finger des Verdachts in die richtige Richtung ausstreckte?

»Ah«, machte Roussel, beugte sich vor und trainierte durch hektisches Heben und Senken seine Augenbrauen, »ich habe doch den Hund in meinem Hof mit eigenen Augen gesehen. Ich kann ihn beschreiben.« Was er auch sogleich tat, und ich muß sagen, auf die Erfahrung, mit anhören zu müssen, wie ein voreingenommener, rachsüchtiger alter Lügenbold meinen Charakter Schwarz in Schwarz malt und unvorteilhafte Bemerkungen über mein äußeres Erscheinungsbild macht, kann ich ein zweites Mal getrost verzichten. Darüber hinaus tendierte er zu schamlosen Ausschmückungen und behauptete zum Beispiel, er habe mich in den fraglichen Morgenstunden mit einem Maulvoll Federn gesehen. Warum denn nicht gleich mit Messer, Gabel und Serviette, wenn du sowieso schon dabei bist? dachte ich, und ich bin sicher, er wäre nicht davor zurückgeschreckt, dem Management auch das noch aufzutischen, wenn's ihm eingefallen wäre. Es war blanke Verleumdung, sonst nichts. Ich konnte mir nicht vorstellen, daß er damit durchkam.

Aber – hätten Sie's gedacht? – er kam durch. Das Management kaufte ihm alles ab. Madame ließ von Zeit zu Zeit ein erschüttertes Japsen hören, und die andere Hälfte schoß alle fünf Minuten in die Höhe, um aus dem Beschwichtigungsfläschchen nachzuschenken. Ein Schauspiel, bei dem einem übel werden konnte, fand ich. Sie hätten ihn rauswerfen sollen.

Statt dessen – Sie werden's kaum glauben, aber es ist wahr – trieben sie die Dinge auf die Spitze, indem sie ihm den Verlust seines alten Suppenhuhns in klingender Münze ersetzten, und das war, da bin ich sicher, genau das, worauf er von Anfang an aus gewesen war. Als er sich schließlich die Schlägermütze aufsetzte, um nach Hause zu gehen, und das Management ihn zur Tür brachte, plauderten sie fröhlich miteinander wie alte Busenfreunde. Damit hätte es eigentlich ausgestanden sein müssen – allenfalls noch eine maßvolle Rüge in herzlicher Verbundenheit, aber damit ist die Sache vergessen. Denkste.

Mit beflügeltem Mut von den Drinks und im Überschwang seiner Gefühle, weil plötzlich Geld in seinen Taschen klimperte, blieb Roussel unter der Tür stehen und machte ein Angebot, das mir das Blut in den Adern gefrieren ließ. »Ich könnte Ihnen«, sagte er, »den Hund so abrichten, daß er Hühnern nie mehr was tut. Es gibt da eine unfehlbare Methode. Und weil Sie in der Stunde meines Kummers so verständnisvoll gewesen sind, wird es mir ein Vergnügen sein, ihm das Nötige beizubringen.«

Es gibt im Leben Momente, da sieht man das Unheil – wenn es manche auch ausgleichende Gerechtigkeit nennen mögen – in der Ferne heraufdämmern, und hat dennoch keine Möglichkeit, ihm zu entkommen. Ich versuchte alles – den Schmusekurs, unbeholfenes Hinken, katarrhalisches Husten, den Trick mit dem Unters-Bett-Kriechen, aber nichts half. Der alte Sadist hatte das Management so eingewickelt, daß dieses ihm abnahm, er wolle tatsächlich etwas zu meiner weiteren Erziehung beitragen. Für mich dagegen lag der Fall klar. Die großzügige finanzielle Entschädigung genügte ihm nicht, er wollte unbedingt seine Rache. Bei Scheidungen soll es, wie ich höre, so ähnlich zugehen.

Passend zu meiner Stimmung, zeigte sich der nächste Morgen grau und verhangen, als ich querfeldein zu Roussels Trainingsakademie geschleppt und meinem Professor ausgeliefert wurde. Er hieß das Management, in einer Stunde wiederzukommen, dann fänden sie, sagte er, ihren Hund wie ausgewechselt vor, aller verwerflichen Neigungen abhold und für alle Zeiten von seinem fanatischen Drang geheilt, Hühnern an die Gurgel zu gehen. Und, wissen Sie was? Sie bedankten sich auch noch bei ihm. Da verliert man doch jedes Vertrauen. Sie sind schon Perlen, wie man sie selten findet, die beiden, aber mitunter hege ich Zweifel an ihrer Fähigkeit, andere Menschen richtig einzuschätzen.

Roussel brachte mich in einen Schuppen und schloß die Tür. Ich wurde augenblicklich an mein erstes Zuhause erinnert, einschließlich des schlammigen Bodens und der dekorativen Innenausstattung. Ein düsterer Ort, wie ein Gefängnis, vollgestopft mit dem Kronschatz der Familie – verrostete Eimer, ein uraltes Fahrrad, halbverfaulte Säcke, gerissene Fässer und ein Sammelsurium prähistorischer Gerätschaften, die Roussel offensichtlich nur aufbewahrte, um sie seinen dankbaren Enkeln vererben zu können. Ich sah mich nach potentiellen Fluchtwegen um und erstarrte. Da lag doch tatsächlich die Henne von gestern auf einem Blechtisch – flach ausgestreckt wie das sprichwörtliche gerupfte Huhn. Ihr Kopf mit den wabbeligen Kehllappen hing von der Tischkante herunter, ein lebloses Auge starrte mich in anklagender Trauer an. Ein Bild des Grauens, das schon, aber ich fragte mich vor allem, weshalb sie überhaupt dort lag und nicht friedlich köchelnd im Topf über einem Herdfeuer schwamm. Sogar die alten Hennen sind recht schmackhaft, man muß sie nur lange genug kochen.

Roussel packte sie an den Beinen und schwang sie – ich weiß noch, daß ich gedacht habe: Viel Respekt vor der teuren Dahingeschiedenen hat er nicht – hin und her, kam zu mir rüber und hielt mir den leblosen Körper zur Begutachtung hin. Aus reiner Höflichkeit und nicht etwa, weil ich wirklich interessiert gewesen wäre, beugte ich mich ein wenig vor, um das tote Huhn in Augenschein zu nehmen, woraufhin er es hochriß und um Haaresbreite einen plazierten Treffer auf meinem Kopf gelandet hätte. So aber streifte mich, weil ich schnell zurückzuckte, nur der Hühnerschnabel an der Schnauze, was allerdings schmerzhaft genug war.

In diesem Augenblick begriff ich, wie Roussel sich die Unterrichtsstunde vorstellte. In seinem schlichten Gehirn baute er darauf, mir durch ein paar gezielte Hiebe mit einem zwar gefiederten, aber doch recht harten Gegenstand ein für allemal den in Generationen gewachsenen Instinkt auszutreiben. Ein hoffnungsloses Unterfangen, versteht sich, aber so weit konnte er eben nicht denken. Also ging er wieder mit geschwungenem Huhn auf mich los, während ich mich, so schnell ich konnte, nach unten und zur Seite wegduckte. Es wirft ein bezeichnendes Licht auf die Dummheit dieses Mannes, daß er geraume Zeit benötigte, um zu kapieren, daß ich angebunden ein leichteres Ziel geboten hätte.

Er stellte die Feindseligkeiten vorübergehend ein, suchte den Schuppen nach einer Kette oder einem Strick ab und wurde, während er im Gerümpel herumkramte, immer übellauniger. Ich nutzte die Zeit, um so viel Niemandsland zwischen ihm und mir zu schaffen, wie der begrenzte Raum es zuließ. Schließlich muß ihm wieder eingefallen sein, wo er seinen Vorrat an Seilerwaren aufbewahrte – wahrscheinlich in einem Safe unter seinem Bett –, jedenfalls verließ er grimmig knurrend den Schuppen, schloß hinter sich ab und ließ das Huhn und mich allein zurück.

Verzweifelte Situationen erfordern verzweifelte Entschlüsse. Sie erinnern sich vielleicht, daß ich den schlammigen Boden im Schuppen erwähnt habe, und so nutzte ich Roussels Abwesenheit dazu, eilends in einer Ecke herumzugraben, bis ich ein Loch ausgehoben hatte, das groß genug war, um das Huhn aufzunehmen – das heißt, bis auf ein widerspenstiges Bein, das einfach nicht unten bleiben wollte. Ich vermute, die Leichenstarre hatte bereits eingesetzt, möglicherweise lag es aber auch daran, daß ich aus Zeitmangel nicht tief genug gescharrt hatte. Wie auch immer, das Ganze war kein Problem, ich ließ mich einfach auf dem Grabhügel nieder und deckte das hochgereckte Hühnerbein persönlich zu. Und so fand Roussel mich vor, als er mit dem Seil zurückkam.

Es gab, wie die Aufmerksameren unter Ihnen vielleicht schon erkannt haben, eine kleine Schwachstelle in meinen Überlegungen, und die machte mir, als Roussel mit dem Seil auf mich zukam, fürs erste einen Strich durch die Rechnung. Ich blieb natürlich nicht sitzen, sondern trat schleunigst die Flucht an, und da lag das sperrige Hühnerbein wieder voll im Blickfeld.

Ich wünschte, Sie hätten sein Gesicht gesehen. Die Sprache, deren er sich befleißigte, will ich Ihnen lieber ersparen. Es genügt zu sagen, daß er sich zu unflätigsten Ausdrücken hinreißen ließ. Er warf das Seil weg, kniete sich hin und grub das tote Huhn eigenhändig wieder aus, weil er den Unterricht fortsetzen wollte. Und dieser Anblick – Roussel, wie er, mit dem Rücken zur Tür, im schlammigen Boden wühlte – bot sich dem Management, als es erschien, um mich abzuholen.

Mir lag nichts daran, länger zu bleiben, bloß um auch noch den Rest mitzuerleben. In dem Augenblick, in dem die Tür aufgezogen wurde, war ich draußen und preschte über Stock und Stein nach Hause. Außer dem kleinen Nasenstüber, den ich abbekommen hatte, hätte nichts einem zufällig Vorübergehenden verraten, was ich durchgemacht hatte. Als das Management heimkehrte, war schon, wie gewöhnlich, alles vergeben und vergessen. Mit einer gewissen Genugtuung darf ich hinzufügen, daß von Stund' an die gerade erst frisch geknüpften nachbarschaftlichen Beziehungen zu Roussel wie abgerissen waren. Ich sehe ihn manchmal am Horizont, und um der alten Zeiten willen wirft er auch schon mal einen Stein nach mir, aber Treffsicherheit ist nicht seine Stärke.

Habe ich aus all dem irgendeine Lehre gezogen? Gewiß doch: Greife nie einen Mann an, der mit einem toten Huhn bewaffnet ist. So ähnlich steht das auch in einem schmalen Bändchen mit dem Titel *Die Kunst der Kriegführung*; es handelt davon, daß man Auseinandersetzungen mit überlegenen gegnerischen Kräften tunlichst vermeiden sollte. Ein gewisser Sun Tschu ist der Autor, falls Sie daran interessiert sind.

Spaß mit Bällen

*E*in Freund der Familie, der von Zeit zu Zeit
bei uns hereinschneit, gehört innerhalb meines Be-
kanntenkreises zu den wenigen Leuten, die meine Vorliebe für einen erholsamen Aufenthalt unter dem
Eßtisch teilen. Die steifen Formalitäten beim Herumsit-
zen auf Stühlen und das höfliche, gepflegte Tischge-
plauder liegen ihm nicht so. Sobald aufgegessen ist,
rutscht er behende zu mir herunter, und wir verbrüdern
uns. Er gibt vor, es sei hilfreich für seine Verdauung,
aber ich glaube, es hat eher etwas damit zu tun, daß er
sich nach all dem hirnrissigen Geplapper oberhalb der
Tischplatte nach wortlos intelligenter Gesellschaft
sehnt. Wie auch immer, er ist eine verwandte Seele.
Zufällig spielt er auch eine bedeutende Rolle in der bri-
tischen Tenniswelt, wobei ich im Augenblick nicht genau weiß, ob er Chef-Balljunge im Queen's Club ist oder
vielleicht in gehobener Stellung bei einem Zulieferer
für Speisen und Getränke dafür sorgt, daß bei tennis-
sportlichen Veranstaltungen die Zuschauer nicht dar-
ben müssen. Jedenfalls verschafft ihm seine Position Zu-
gang zum alljährlichen Queen's-Turnier sowie zu en-
gem Schulterschluß mit den Spielern und der königli-
chen Familie. Er darf sogar die VIP-Toilette benutzen,
was offenbar eine Ehre ist, die nur wenigen Auserwähl-
ten zuteil wird. All das habe ich eines Tages im Verlauf

eines längeren Verdauungsgesprächs nach dem Lunch erfahren.

Ich hätte vielleicht erwähnen sollen, daß ich, wenn ich gut gelaunt bin, immer zusehe, etwas zum Herumkauen zwischen den Zähnen zu haben. Am liebsten etwas Lebendiges, aber das setzt voraus, daß man sich's erst fängt, und aus irgendeinem Grunde sieht es das Management auch nicht gern. Und so muß ich mich, *faute de mieux,* meistens mit irgendwelchen leblosen Gegenständen begnügen, zum Beispiel mit einem Stock, der Decke der Labradorlady oder dem Schuh eines Gastes. Gewöhnlich springt nur langweilige Ersatzbefriedigung dabei heraus; einmal ist es mir allerdings gelungen, einem Kind beim Transport seines Teddys zu helfen. Ich habe, das möchte ich ausdrücklich feststellen, gar nicht mal so fest darauf herumgebissen, so daß die tränenreichen Anschuldigungen wegen der paar schäbigen Überreste und das Jammern und Zähneknirschen nicht gerechtfertigt waren, vom anschließenden Hausarrest für den Sieger ganz zu schweigen. Im übrigen hat das Füllmaterial bei mir zu einer Gallenkolik geführt. Heutzutage wird alles aus synthetischen Fasern gemacht, und ich kann Ihnen versichern, das Zeug ist absolut unverdaulich. Wenn Sie je in einem billigen italienischen Restaurant Tintenfisch gegessen haben, werden Sie wissen, was ich meine.

Kurz nach dem Intermezzo mit dem Teddybären bekam ich meinen ersten Tennisball geschenkt, und der hat mir sofort sehr zugesagt. Rund, sprungfreudig und so klein, daß man ihn in eine Seite des Mauls schieben und trotzdem mit der anderen weiter bellen kann. Das Ding war wochenlang auf Schritt und Tritt mein Begleiter,

Einmal ist es mir gelungen, einem Kind
beim Transport seines Teddys zu helfen

und daher können Sie sicher ermessen, wie sehr es meine Gefühle verletzt hat, als sich unser Mann vom Queen's
Club wieder mal blicken ließ, einen Blick auf meinen
Ball warf und verächtlich schnaubte. »Entspricht nicht
mehr dem Turnierstandard«, sagte er, »vielmehr ist er
kahl und bekleckert und aus der Form gegangen.« Nun
ja, über einige der Gäste, die bei uns ein und aus gegangen sind, hätte man mit Fug und Recht das gleiche
sagen können, aber es ist nun mal nicht meine Art, irgend jemanden grundlos zu kränken. Sei freundlich zu
allen Menschen, ist mein Motto, solange sie sich durch
das Mitführen von Keksen nützlich machen.
Ich hatte die despektierlichen Bemerkungen über mein
Lieblingsspielzeug mehr oder weniger weggesteckt, als
uns eines Tages ein großes Paket ins Haus geliefert wurde, adressiert an mich. Es war ungewöhnlich genug, daß
der Postbote sich bis zur Haustür bemühen mußte, um
das Paket auszuliefern, und er tat das nicht, ohne ein

paar vermeintlich humorvolle, aber gänzlich überflüssige Bemerkungen darüber fallenzulassen, daß ich den Empfang leider nicht persönlich quittieren könne. Während er sich noch über seine eigenen Witze halb totlachte, nahm ich mir die Freiheit, an einem Sack mit noch nicht ausgelieferter Post, der vor der Haustür abgestellt war, kurz das Bein zu heben. Rache ist feucht.
Bei meiner Rückkehr fand ich das Paket offen und das Management damit beschäftigt, einen Begleitbrief zu lesen, in dem die Herkunft des Paketinhalts erläutert wurde. Tennisbälle waren es, gleich dutzendweise, kaum benutzt und im vollen Glanz ihres gelben Fells. Aber es waren keineswegs Allerweltsbälle. Dem Brief nach handelte es sich um Bälle von geradezu sensationellem Ruhm,

Entspricht nicht mehr dem Turnierstandard

jeder einzelne war schon im Fernsehen gezeigt worden. Sie waren beim Queen's-Turnier, beim Herrenfinale, benutzt worden, und unser Mann in London hatte sie – so wie sie waren, noch warm von der gerade erst überstandenen Strapaze – aufgesammelt und schickte sie mir als Geschenk, zur gefälligen persönlichen Verwendung. Nun, zunächst mal saß ich nur da, sah sie mir an und freute mich wie ein Schneekönig. Ich, der ich bislang auf einen einzigen Ball angewiesen gewesen war, genoß nun, da ich ein ganzes Paket davon besaß, das köstliche Gefühl plötzlichen Reichtums. Französische Politiker müssen einen ähnlichen Kitzel empfinden, wenn sie in ein hohes Amt gewählt werden und auf einmal bei der Nutzung von Schlössern und Limousinen sowie beim Verzehr von regierungsseitig beschafftem Kaviar aus dem vollen schöpfen dürfen. Kein Wunder, daß sie auch dann noch an ihren Sesseln kleben, wenn sie längst im Altersheim sitzen sollten. Mir ginge es genauso.

Ich war gerade dabei, mir die Bälle näher anzusehen und unter ihnen das Spielzeug des Tages zu küren, als ich eine sehr interessante Entdeckung machte. Jeder Ball signalisierte meiner Nase eine unverwechselbare Duftnote, keine glich der anderen. Wenn Sie je ein Tennisspiel verfolgt haben – und ich bin sicher, es gibt Leute, die das tun, wenn ihnen kein besserer Zeitvertreib einfällt –, dann wird Ihnen aufgefallen sein, daß die Kontrahenten immer – quasi zur Vorratshaltung – ein paar Bälle in den Taschen ihrer Shorts stecken haben. Und dort, an diesem lichtlosen, überhitzten Platz, fängt nun eine Art von Osmose zu wirken an, und der Eigengeruch der Sportler und ihrer transpirierenden Intimzone überträgt sich auf die Bälle. Und wenn Sie zufällig,

Die Methode der deduktiven Auslese

wie ich, einen empfindsamen und hochentwickelten
Geruchssinn haben, können Sie mit dessen Hilfe den
zum jeweiligen Hüftbereich gehörenden Sportler er-
mitteln – natürlich nicht namentlich, aber nach dem
Herkunftsland.

Ich wandte die Methode der deduktiven Auslese an und
war so in der Lage, meine Bälle in zwei Gruppen zu sor-
tieren. Auf der linken Seite lagen die aus der Alten Welt
– komplex, ausgereift, mit einem langen teutonischen
Schlußakzent und einem Hauch von alkoholfreiem Bier.
Auf der rechten machte ich deutlich das Signal des
dunklen Kontinents aus – heiß und staubig, mit einer er-
frischenden Brise Buschland. Wie gesagt, mit Namen
kann ich nicht dienen, aber wenn sie in alten Zeitungen
blättern, werden Sie sicher feststellen, daß das Endspiel
in jenem Jahr tatsächlich zwischen Deutschland und
Südafrika ausgetragen wurde. Advantage Boy, *c'est moi.*
Faszinierend, nicht wahr?

Und das – ich formuliere diesen Satz nach reiflicher Überlegung – ist einer der wenigen interessanten Aspekte beim Tennis. Man hat nämlich – wie bei den allermeisten Beschäftigungen, die unter der Bezeichnung Sport durchgehen – ein entscheidendes Grundprinzip nicht beachtet. Mir scheint der Sinn jedes Spiels darin zu liegen, daß man in den Besitz des Balles gelangen und sich ein stilles Eckchen suchen will, wo man ihn in Ruhe zerkauen kann. Was aber stellen diese hochbezahlten und befremdlich gekleideten Leute mit dem Ball an? Sie schlagen danach, treten dagegen, werfen ihn weg, bugsieren ihn in ein Netz oder wollen ihn unbedingt in einem Erdloch unterbringen, kurzum, sie treiben nichts als Unfug damit. Und wenn alles vorbei ist, küssen sie sich oder schütteln sich die Hände oder kriegen einen Koller und ziehen sich in den Schmollwinkel zurück. Man sollte es nicht für möglich halten: erwachsene Männer und Frauen! Ich kenne Fünfjährige, die sich besser im Griff haben.

Aber ich möchte nicht, daß Sie denken, ich sei gänzlich bar aller sportlichen Instinkte. Die von mir entwickelte Fang-den-Ball-Version ist zum Beispiel durchaus geeignet, mich stundenlang aufs harmloseste zu erfreuen und teilnehmende Erwachsene von der Bar abzuhalten – oder davon, daß sie irgendwo wer weiß welches Unheil anrichten. Hinzu kommt der Vorteil, daß ich immer gewinne, und so soll's ja auch sein.

Als erstes suche ich mir einen erhabenen Punkt. Das kann das obere Ende einer Treppe sein oder ein Sprungblock am Swimmingpool – ganz egal, Hauptsache, ich befinde mich auf einem höheren Level als alle anderen. Treppen sind am besten, weil sie zusätzlich ei-

Droemer
Knaur®

Romane
und
Sachbücher

»Nicht schuldig« – allein dieses Votum kann der Geschworenen Annie Laird das Leben retten, denn die Mafia hat einen grausamen Killer auf sie angesetzt, um den Freispruch des Angeklagten bei einem Mordprozeß zu erzwingen. Für Annie und ihren Sohn Oliver beginnt ein Alptraum, aus dem es kein Erwachen zu geben scheint...
»Zu diesem Buch fallen einem nur Superlative ein. *Die Geschworene* ist ein Thriller, bei dem einem das Herz bis zum Halse klopft und das Blut in den Adern gefriert, ein Buch, das man nicht mehr aus der Hand legen will.

Scott Turow

416 Seiten

In einem reizvollen Wechsel zwischen Gegenwart und Vergangenheit schildert Kiana Davenport, die hawaiischer Abstammung ist, das Schicksal mehrerer Generationen von mutigen und leidenschaftlichen Männern und Frauen und umschließt damit anderthalb Jahrhunderte hawaiischer Geschichte.
»Ein Meisterwerk! Ein Frauenepos von gewaltiger erzählerischer Kraft, der man sich ebensowenig entziehen kann wie der Botschaft, nämlich dem Ruf nach kultureller Eigenständigkeit. Wer *Haifischfrauen* gelesen hat, wird Hawaii mit anderen Augen sehen.«   Isabel Allende

660 Seiten

Macht ist weder männlich noch weiblich.

Nach den Weltbestsellern *DinoPark* und *Nippon Connection* sorgt Michael Crichton mit seinem neuen brisanten Roman für erhitzte Gemüter. Crichton greift mit psychologischem Fingerspitzengefühl das Thema »Sexuelle Belästigung« auf, kehrt die althergebrachte Situation »Mann belästigt Frau« um und schildert anhand eines raffinierten Katz- und Maus-Spiels den engen Zusammenhang zwischen Macht und Sexualität.

528 Seiten kriminalistische Hochspannung!

Mit Kompetenz, Charme und gelegentlich britischem Witz moderierte Hanns Joachim Friedrichs mehr als siebenhundertmal die abendlichen *Tagesthemen* des Ersten Deutschen Fernsehens. Nach langem Zögern, das aus der Sorge des uneitlen Privatmanns kam, er könne sich mit der Veröffentlichung seiner Erinnerungen unverdient wichtig machen, hat Hanns Joachim Friedrichs, der »Pate der seriösen deutschen TV-Kultur«, sein Journalistenleben nun zum ersten Mal erzählt – informativ, spannend, anekdotenreich. Mit einem Wort: unwiderstehlich.

320 Seiten

CNN-Reporter Peter Arnett blickt auf seine langjährige Tätigkeit als Journalist zurück, die ihn, den »Schlachtenbummler«, in alle wichtigen Krisengebiete führte. Im Januar 1991, als die Alliierten unter Führung der USA die ersten Luftangriffe gegen den Irak flogen, harrte er als einziger westlicher Journalist in Bagdad aus und berichtete live über die Bombardements. Als er mitten im Krieg Saddam Hussein interviewte, ging dieses Foto um die ganze Welt. Seine Momentaufnahmen und scharfsinnigen Hintergrundanalysen geben profunde Einblicke in seine Arbeit – und in die Wirklichkeit des Krieges.

544 Seiten mit 16 Seiten s/w-Abb.

Die Geschichte der Cherokee, zugleich die Geschichte einer außergewöhnlichen Frau, die trotz schwerer persönlicher Schicksalsschläge die Kraft und den Mut fand, die Führung des zweitgrößten Indianerstammes Nordamerikas zu übernehmen. Trotz aller Grausamkeiten und Demütigungen, die den Cherokee widerfuhren, fanden sie immer wieder Trost und Halt in sich selbst und entwickelten ungeahnte Kräfte, um ihr kulturelles Erbe zu verteidigen und zu bewahren.

384 Seiten mit 32 Seiten s/w-Abb.

Die erste Märchensammlung aus allen Sprachen Europas. Die schönsten europäischen Märchen aus 52 Sprachen – für jeden Tag des Jahres eine Geschichte. Eine lebendige, reich illustrierte Sammlung, ein Schatzhaus der Erzählkunst, das selbst für Kenner ungeahnte Kostbarkeiten bereithält.

Herausgegeben von Ulf Diederichs. 1584 Seiten mit 400 Illustrationen von Lucia Probst. Zweifarbig gedruckt. Fadenheftung. Lesebändchen. Kassette mit 3 Bänden, in Leinen gebunden. Format 17x 25,8 cm. Schmuckschuber.

Knaurs Schauspielführer enthält die wichtigsten Autoren und Werke des Welttheaters bis zur unmittelbaren Gegenwart in über 1000 Einzelbeiträgen. Mit über 400 Abbildungen, dazu Autorenporträts und Fotos von Inszenierungen – und aufschlußreiche Selbstzeugnisse, Kritiken und andere Dokumente zur Bühnengeschichte der Werke.
Die Neuausgabe des bewährten Schauspielführers berücksichtigt neben den Autoren und Werken des »klassischen« Repertoires vor allem die neuesten Produktionen aus den Spielplänen der letzten Jahre.

792 Seiten mit über 400 Abb. und Fotos

Das praktische, kompakte und handliche Nachschlagewerk für jedermann. Bewährt seit über 60 Jahren – jetzt ganz in Farbe. Mehr als 70 Auflagen und mehr als 7 Millionen verkaufte Exemplare bestätigen den überwältigenden Erfolg dieses Klassikers. 30 Experten haben »den kleinen Knaur« auf den neuesten Stand der wissenschaftlichen Forschung gebracht:
1120 Seiten,
70 000 Stichwörter,
3500 Illustrationen,
72 ein- und mehrfarbige Bildtafeln,
55 Schaubilder,
40 farbige geographische Karten,
80 Übersichten.

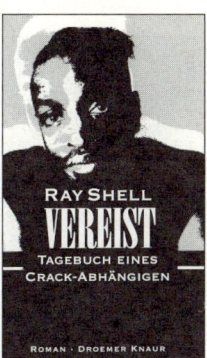

Ein Zeitroman, der unter die Haut geht. Der erschütternde Lebensbericht eines Crack-Abhängigen, vor allem aber ein ebenso einfühlsam wie packend erzählter Roman, eine Geschichte von Liebe und Verlust, Hoffnung und Verzweiflung – und ein Fanal gegen die mörderische Droge Crack.

»Das Buch ist eine Wucht. Ray Shell schreibt phantastisch. Die Geschichte brach mir schier das Herz, immer wieder mußte ich sie aus der Hand legen, aber sie läßt mich einfach nicht mehr los.« Maya Angelou

320 Seiten

Hotel Pastis, das ist die Geschichte eines Mannes, der seinen Traum vom Aussteigen wahr macht, und die Geschichte eines Hotels, das zum Schauplatz für allerhand turbulente Ereignisse wird.
Hotel Pastis ist die ideale Ferienlektüre für alle Gestreßten, die dem Alltag entfliehen wollen. *Hotel Pastis* ist aber vor allem eine vom Duft der Provence durchzogene Liebeserklärung an eine einzigartige Landschaft.

»Ein Roman, den man genießt wie einen Pastis!« Publishers Weekly

384 Seiten

Wie ist es, wenn man nichts mehr zu verlieren hat, weil der Mensch, den man geliebt hat, gestorben ist? Rückhaltlos ehrlich und ohne jeden Anflug von Sentimentalität beschreibt Ruth Coughlin die Abgründe von Hilflosigkeit und Verzweiflung, aber auch die heilsame Kraft der Erinnerung an glückliche Zeiten. Ein Buch, in dem man vieles über den Tod erfährt – und noch mehr über die Liebe.

224 Seiten

Leben, Werk und Wirkung Richard Wagners werden in diesem Kompendium von international anerkannten Wagner-Experten übersichtlich und präzis beschrieben. In ausführlichen Artikeln werden das Leben des Komponisten beleuchtet, seine Musik analysiert und manche Mißverständnisse ausgeräumt. Ein eigenes Kapitel beschäftigt sich kritisch mit den Mythen und Legenden, die sich um die Person Wagners ranken und häufig genug den Blick verstellen. Ein Handbuch, das der Fachwelt wie dem Wagner-Liebhaber eine Fülle von Informationen bietet.

412 Seiten mit
16 Seiten s/w-Abb.

Geheimnisvolle Rätsel- und raffinierte Denksportaufgaben, knifflige mathematische Spielereien, strategische Brettspiele, kombinatorische Rechenkunststücke, verwinkelte Logeleien und geometrische Figurenprobleme von zeitlosem Zauber – ein Buch für Schlauberger, Rätselgenies, Tüftler, Knobel- und Puzzlefreunde und für alle Leute, die Spaß am Denken haben.

320 Seiten

Der spannende Bericht eines Weltenbummlers, der während einer Reise durch die Sahara mit dem Elend der Bewohner einer heruntergekommenen Wüstenstadt konfrontiert wird und spontan beschließt, den Bewohnern zu helfen. Mit Humor und Offenheit schildert Ernst Aebi, welche Schwierigkeiten zu bewältigen sind, um aus der einst blühenden Handelsstadt wieder eine fruchtbare Oase zu machen.

256 Seiten mit
16 Seiten Farbfotos

Warum denken und handeln Frauen und Männer verschieden? Die Wurzeln der unterschiedlichen Denk- und Handlungsweisen reichen bis in den Mutterleib zurück. Die Ergebnisse dieses Buches untermauern jedoch keinesfalls die alten Vorurteile von der Überlegenheit des männlichen Geschlechts, sondern sie zeigen, daß Frau und Mann über verschiedene, von Individuum zu Individuum anders ausgeprägte intellektuelle Fähigkeiten verfügen. Frappierende Forschungsergebnisse aus Biologie, Medizin und Psychologie zur Neudefinition der Geschlechter.

448 Seiten

Sheila Kitzinger, die weltweit anerkannte Autorität in Sachen Mutterschaft, hat ihre lebenslangen Erfahrungen und ihre fundierten Ratschläge in diesem Buch zusammengefaßt: Hier stehen nicht die Bedürfnisse des Babys im Mittelpunkt, sondern die Schwierigkeiten und die Freuden der Mutter. Ein Buch, das sich alle Mütter schon im Wochenbett unters Kopfkissen legen sollten.

320 Seiten, durchgehend illustriert

Ein ausführlicher, lehrreicher und unterhaltsamer Gang durch die Geschichte der Mythen und Ideologien der Mutterschaft – von der Urzeit bis zur Gegenwart. Zugleich eine getreue Wiedergabe dessen, was es zu bestimmten Zeiten und in bestimmten Kulturen bedeutete, eine gute Mutter zu sein.
Unsere Vorstellung der perfekten Mutter ist keine ewige Wahrheit, sondern eine vom Zeitgeist geprägte Erfindung, die sich – mit dem Zeitgeist – auch wieder ändert. Shari Thurer ruft deshalb die Mütter auf, sich nicht von unerfüllbaren Idealbildern gängeln zu lassen.

464 Seiten

Die aufregende Entdek-
kung eines verschollenen
Evangeliums und seine
noch aufregendere Ent-
schlüsselung stehen im Mittelpunkt dieser tollkühnen
und witzigen Verfolgungs-
jagd. Zwei liebenswerte
Helden, pittoreske Schau-
plätze, dazu amüsant ver-
steckte Kirchenkritik
machen Wilton Barnhardts
Roman zu einem hinreißen-
den Schmöker.

»Wilton Barnhardt hat einen
in jeder Hinsicht herrlichen
Roman geschrieben.«
Colleen McCullough

960 Seiten

Bridie und Finn – zwei
Freunde, wie sie verschie-
dener nicht sein könnten,
und zwei Romanfiguren,
die man schon von der
ersten Seite an ins Herz
schließt. Bridie – ein selt-
sames Mädchen, frech und
furchtlos, ein bißchen
schlampig und schräg und
Finn – ein stiller Junge, der
wegen seines verkrüppel-
ten Beins ein Einzelgänger
ist. Die beiden werden
unzertrennlich, und ihre
Freundschaft währt ein
Leben lang.
Ein Erstlingsroman voller
Witz und Wärme und die
Geschichte einer Freund-
schaft, wie sie wohl ein
jeder sich wünscht.

384 Seiten

Mit dem vom Leben gebeu-
telten Expolizisten und
Anwalt Mack Malloy, einem
übergewichtigen, sinnli-
chen Lästermaul, das, von
seinen Ängsten und Süch-
ten verfolgt, immer wieder
beim melancholischen
irischen Humor Zuflucht
nimmt, hat Scott Turow
eine Gestalt von besonde-
rer Glaubwürdigkeit
geschaffen: den typischen
»anfechtbaren Menschen«,
der in einer Haifischwelt,
wo Loyalitäten so oft
gewechselt werden wie die
Unterwäsche, seine Not
hat, Fragen der Moral oder
der Schuld eindeutig zu
beantworten.

»Eine unwiderstehliche
Geschichte – ein böser
Thriller über die Moral.«
Time Magazine

416 Seiten

Die Bestseller von Günter Ogger

Günter Ogger, dessen schonungslose Abrechnung mit den Fehlleistungen deutscher Manager für beträchtliche Aufregung bei den *Nieten in Nadelstreifen* sorgte, bringt in seinem neuen Buch Licht in die Machenschaften eines unheimlichen Clubs. Dieser umfaßt Banken, Sparkassen, Versicherungskonzerne, Kapitalanlagegesellschaften, Bauträger, Immobilienanbieter, Steuerberater. Sie alle kennen nur ein Ziel: Sie wollen an das Geld ihrer Klienten. Und zwar mit dubiosen bis kriminellen Methoden. Oggers *Kartell der Kassierer* ist Pflichtlektüre für jeden, der ein Bankkonto, eine Versicherung, einen Bauspar- oder Darlehensvertrag hat.

320 Seiten

Sie werden bewundert und gelten als Garanten unseres Wohlstands. Doch inzwischen mehren sich die Zweifel an den Fähigkeiten deutscher Manager. Schuld, sagen die Manager, sind die anderen: Politiker, Gewerkschaften, Mitarbeiter. Dieses Buch beweist das Gegenteil: Deutschlands Manager haben versagt!
»Da bleibt kein Auge trocken und kaum ein Spitzenmanager der größten deutschen Unternehmen ungenannt.«
Süddeutsche Zeitung

272 Seiten

»Ein ganzes Leben lang«, behauptet Josef Kirschner, »werden wir dazu erzogen, nach der Pfeife allgegenwärtiger Trainer zu tanzen. Alle suggerieren uns täglich, was wir denken, glauben, verdrängen und kaufen sollen.« In 21 Schritten zeigt Josef Kirschner den Weg heraus aus der Abhängigkeit. Provokant präsentiert der Autor seine neuen Thesen – ein Programm gegen die Selbstverleugnung!

224 Seiten

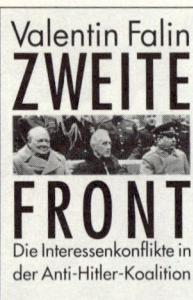

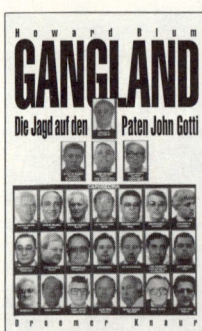

»Die grauenerregendsten Geschehnisse, von denen ich je gelesen habe.« Stephen King
Ein atemberaubender Tatsachen-Thriller über den Ausbruch einer rätselhaften Viruskrankheit. Die Killer-Mikrobe kommt aus dem tropischen Regenwald und breitet sich 1989 in der Nähe von Washington in einer Forschungsstation unter Laboraffen aus. Preston beschreibt ein Szenario, das »das Blut in den Adern gefrieren läßt«, denn das Virus stellt alles in den Schatten, was die Menschheit jemals an hochinfektiösen Keimen kennenlernen mußte.

368 Seiten

Nach Öffnung russischer Archive können viele Vorgänge des Zweiten Weltkriegs neu interpretiert werden. Valentin Falin hat sich nach intensiven Studien dieser Quellen mit der Problematik der Zweiten Front, dem verspäteten Eingreifen der westlichen Alliierten in der Normandie, befaßt. Sein Fazit: Viele Deutungen, die nach der bedingungslosen Kapitulation getroffen wurden, müssen einer objektiven Überprüfung und einer neuen Gewichtung weichen.

520 Seiten mit ausführlichem wissenschaftl. Anhang.

Die »Untouchables« und Elliot Ness waren Al Capones Verhängnis, für den Mafiaboß John Gotti waren es Bruce Mouw und seine FBI-C-16-Squad. Das FBI installierte Wanzen im Haus des Paten, setzte eine Agentin auf ihn an, die seine Freundin wurde, drehte Bandenmitglieder um und enttarnte zwei Maulwürfe in den eigenen Reihen. Ein Tatsachenroman über die faszinierende Arbeit des FBI und die spannendste Verbrecherjagd der letzten Jahre – bald ein Film der Columbia Pictures mit prominenter Besetzung.

368 Seiten

Die Geschichte von Marlene
Schubert – ihr beruflicher
und privater Aufstieg vom
jungen, angepaßten Mäd-
chen zur selbstbewußten
Karrierefrau. Eine verständ-
nisvolle und schonungslose
Schilderung ihres müh-
samen Weges durch das
Dickicht männlicher und
weiblicher Vorurteile
und ein Exempel für den
Kampf einer ganzen Gene-
ration von Frauen, die erfahren mußten, wie schwer
Utopien zu verwirklichen
sind.

384 Seiten

Liebe Venus, mach es gut!
setzt den frivolen Brief-
wechsel von Cassandra
Brookes erfolgreichem
Romandebüt *Alles Liebe,
Deine Venus* fort: So sexy,
respektlos und süffisant
schreiben nur Frauen, die
zur Sache kommen.
»Es gibt Bücher, die sind so
witzig, daß sie einem das
Make-up ruinieren können.
So ein Geheimtip mit Lach-
tränen-Garantie ist *Alles
Liebe, Deine Venus* von
Cassandra Brooke.«
          Berliner Zeitung

288 Seiten

Eine amerikanische
Karriere: vom Tramp
zum Tycoon.
Vor dem Hintergrund des
Ölbooms in Texas und Okla-
homa, wo in den ersten
Jahrzehnten des Jahrhun-
derts phantastische
Gewinne gemacht und die
Fundamente zu gewaltigen
Wirtschaftsimperien gelegt
wurden, erleben wir den
Aufstieg und Fall Henry
Maynards, der als Gelegen-
heitsarbeiter auf den ame-
rikanischen Ölfeldern
einen kometenhaften Auf-
stieg erlebt und es bis zum
Erdöl- und Hotelkönig
bringt.

512 Seiten

Ein prächtiger Bildband, der in hochherrschaftlichen Häusern, den Sommersitzen und Residenzen der Paschas eindrucksvolle Zeugen einer glorreichen Vergangenheit lebendig werden läßt – ein architektonisches Zauberreich mit weltberühmten Meisterwerken osmanischer Baukunst wie dem Topkapi-Serail und dem prunkvollen Monumentalbau des Dalmabahce-Palastes.

288 Seiten, durchgehend mit 180 farbigen Fotos illustriert

Kein anderer Hof der Welt war majestätischer, prächtiger und extravaganter als der russische Zarenhof. Ihm gehörten die meisten, die größten und die luxuriösesten Paläste Europas. 25 von ihnen, darunter etliche, die für den Westen noch nie fotografiert wurden, stellt Prinz Michael von Griechenland in diesem Buch vor. Ein prächtiger Bildband mit zahlreichen brillanten Fotos – von Palästen, Interieurs, Parkanlagen und zeitgenössischen Aquarellen und Stichen.

Großformat 24 x 30,7 cm 216 S., durchg. farbige Fotos

Die englische Fotografin Thomasin Magor hat sechs Jahre lang bei den Samburu im Norden Kenias, einem halbnomadischen Hirtenvolk und einer der letzten Kriegerstämme Afrikas, gelebt. Obwohl die Samburu sich Fremden gegenüber feindselig verhalten, ist es der Autorin gelungen, das Vertrauen dieser Menschen zu erringen. Mit einfühlsamen Worten und überwältigendem Fotomaterial erschließt sie eine uns unbekannte, vom Aussterben bedrohte Welt.

256 Seiten mit über 200 farbigen Fotos

Prospekt-Nr. 94375-1

Überall im Buchhandel. Änderungen vorbehalten. 15. 12. 1994
Der Umwelt zuliebe auf chlorfrei gebleichtem Papier gedruckt.

nen Verwirrungsfaktor liefern, aber darauf komme ich gleich zu sprechen.

Ich nehme also, den Ball zwischen den Zähnen, meine Position ein und lauere mit gesenktem Kopf – nach Art eines Geiers, der auf das endgültige Ableben seines Frühstücks wartet. Diese reglose und ziemlich ausgefallene Pose erweckt irgendwann die Aufmerksamkeit der Vorbeikommenden. Was macht er denn da? fragen sie sich. Oder: Er wird doch wohl nicht krank werden? Und dann, wenn aller Augen auf mich gerichtet sind, öffne ich ganz langsam das Maul und lasse den Ball herausfallen. Hoppla – die Stufen runter und gegen die Wand oder weiß der Himmel, wohin. Ich verharre, den Blick unverwandt auf den Ball gerichtet, in völliger Reglosigkeit. Es ist ein spannender Augenblick höchster Konzentration.

Ein spannender Augenblick
höchster Konzentration

171

Die Spannung dauert an, bis irgend jemand schlau genug ist, den Sinn des Spieles zu erfassen, und der liegt natürlich darin, den Ball aufzuheben und mir zurückzubringen. Wenn jemand außergewöhnlich schwer von Begriff ist – und glauben Sie mir, ich hab schon Leute gekannt, die schienen nicht mal zu wissen, ob's Mittagszeit oder Dienstag ist –, muß ich möglicherweise ein kurzes Bellen hören lassen, zum Zeichen, daß das Spiel begonnen hat. Also, der Ball wird aufgehoben, zu mir zurückgebracht und mir übergeben. Dann lasse ich dem Mitspieler einen Moment Zeit, sich aufzustellen und seiner freudigen Erregung Herr zu werden, und dann wiederhole ich die Prozedur.

Ich war vorhin beim Thema Treppen. Diese haben den doppelten Vorteil, daß sie erstens zum Krachmachen geeignet sind und zweitens der körperlichen Ertüchtigung des Mitspielers dienen, der sich sonst nur durch Aufstützen der Ellenbogen und freies Hantieren mit Messer und Gabel körperlich fit hält. Der hinunterfallende Ball produziert wiederholt dumpfe Aufschlaggeräusche, und der, der ihn aufhebt, ist gezwungen, die Stufen zu erklimmen, um ihn bei mir abzuliefern. Wie Ihnen jeder Arzt bestätigen wird, ist das eine sehr heilsame Übung für die Beine und die Lungen.

Ich will dennoch einräumen, daß ich an manchen Tagen bei den langen Bällen nicht besonders in Form bin. Bälle können, wie wir alle wissen, unglücklich aufschlagen, und mitunter gehen sie in unzugänglichem Gelände verloren. Und noch häufiger kommt es vor, daß potentielle Mitspieler zu sehr mit leiblichen Genüssen beschäftigt sind, um sich der nötigen Aufmerksamkeit zu befleißigen. Nun, in diesem Zusammenhang kann ich

Ihnen, glaube ich, ein schönes Beispiel dafür geben, wie man durch Hingabe an die Sache und den unbeugsamen Willen zu siegen alle Widerstände überwinden kann.

Es war einer von jenen Abenden, an denen, was ich mir auch einfallen ließ, nichts auch nur den geringsten Eindruck auf das Häuflein machte, das sich zur Happy-hour versammelt hatte. Ich saß lauernd da, ließ den Ball fallen, bellte – keine Reaktion, die ausgelassene Albernheit dauerte fort. Ich raffte mich sogar dazu auf, in einem Akt der Selbstverleugnung den Ball höchstpersönlich wieder zu holen, was, wie Ihnen Tennisstars bestätigen können, eine schlimmere Demütigung ist, als wenn jemand seinen Schläger selber bezahlen muß. Aber statt in Tränen auszubrechen und nach dem Manager zu rufen, wie's diese Tennisfuzzis tun, entschloß ich mich, kurzerhand die Spielregeln zu ändern.

Die versammelten Gäste – etliche befanden sich bereits in unterschiedlich stark ausgeprägten Stadien eingeschränkten Reaktionsvermögens – lamentierten mit weinerlicher Stimme über das Leben im allgemeinen und im besonderen, kühlten ihr Mütchen an den Hors d'œuvres und reckten dauernd ihre Gläser hoch: wie gehabt, bitte. Keiner von ihnen bemerkte, wie ich mich – schattengleich – durch den Dschungel von Beinen und Armen unterhalb der Tischkante anpirschte.

Und dann – Kopfstoß! –, und der Ball landete in einer Schale mit Tapenade, worunter man, wie Sie wahrscheinlich wissen, die aus Oliven hergestellte, dunkle, stark ölhaltige Sauce versteht, in die der Kenner sein Weißbrot tunkt. Nichts spritzt so schön wie Tapenade – oder, um es aus meiner Interessenlage zu formulieren:

Durch nichts ist man so schnell auf der Straße der Sieger. Ins Schwarze getroffen.

Der berühmte Augenblick, in dem man eine Kinnlade aufklappen hört. Der Erfolg war die Strafe, die auf dem Fuße folgte, allemal wert. Seit diesem Abend werde ich, wann immer ich einen Ball aufnehme, mit der argwöhnischen Hochachtung beobachtet, die einem Champion gebührt. Nebenbei bemerkt – falls Sie noch nie einen mit Tapenade gewürzten Tennisball probiert haben, ich kann das wärmstens empfehlen. Rezept auf Anforderung.

Das Mädchen von nebenan

*I*ch bin so leicht nicht in Verlegenheit zu bringen. Auch wenn es ringsum nur so von Leuten wimmelt, deswegen werde ich nicht nervös. Ich bin frei von Befangenheit gegenüber Fremden. Und ich nehme, darauf halte ich mir was zugute, Komplimente huldvollgelassen hin. Mit einer Ausnahme.

»Sieh dir Boy an. Als ob er zur Familie gehörte.« Na gut, wenn jemandem dieser idiotische Satz irgendwann mal rausgerutscht wäre – aber nein, ich hab ihn hundertmal gehört, und jedesmal zucke ich von neuem zusammen. Da frage ich mich doch: Welcher von beiden soll ich denn eigentlich sein? Madame kann ich ja nicht sein, wegen des kleinen Unterschieds, also nehme ich an, daß man mich mit der anderen Hälfte vergleicht. Und wenn einer denkt, das wäre ein Kompliment, dann hat er sich den falschen Hund ausgesucht. Die andere Hälfte ist in vieler Hinsicht ein netter Kerl, ein As beim Wandern und sehr spendabel bei der Essensausgabe. Aber nicht mal er selber würde in Abrede stellen, daß er kurzsichtig und bartlos ist, seine Probleme damit hat, sich anderen anzupassen, überhaupt nichts mit Kaninchen anzufangen weiß und dazu neigt, sich dem Müßiggang hinzugeben – nichts kann er so lange durchhalten wie das. Sie kennen mich bestimmt inzwischen gut genug, um nachempfinden zu können, daß der Vergleich mit ihm

mich nicht gerade in frenetischen Jubel ausbrechen läßt.

Dennoch läßt sich, das verkenne ich nicht, nicht ohne weiteres die Theorie von der Hand weisen, daß es in bestimmten Fällen zwischen einem Menschen und seinem Hund gewisse Übereinstimmungen bei charakterlichen Schwächen und sogar im äußeren Erscheinungsbild geben kann. Das wurde mir erst neulich wieder klar, als wir von einem kleinen Aufmunterungsbesuch bei Sven, einem zu kurz geratenen Schweden, und Ingmar, seinem abstoßend häßlichen Welsh Corgi, zurückkamen. Ehe nun jemand von der Liga zur Verfolgung diffamierender antischwedischer Äußerungen Anstoß nimmt, möchte ich betonen, daß ich grundsätzlich nichts gegen Schweden habe. Angenehme Leute, im großen und ganzen, und sie machen gute Sandwiches, ohne die lästige zweite Scheibe Brot obendrauf.

Sven allerdings ist, abgesehen von der Körpergröße, in jeder Beziehung ein Monster – aggressiv, diktatorisch, wichtigtuerisch, blasiert und immer eine Spur zu laut. Außerdem hat er extrem kurze Beine, und zwar krumme. Nun, wer keine besonders lange Leitung hat, wird schon gemerkt haben, daß die Beschreibung, von der Aggressivität bis zu den krummen Beinen, mühelos auch auf den Corgi passen könnte, bei dem es sich, wie jeder weiß, um eine der Fehlkonstruktionen der Natur handelt. Und wenn man mal miterlebt hat, wie Sven und Ingmar im selben gezierten Trippelschritt auf und ab gehen und dabei unablässig irgendwelche Laute vor sich hinbellen, weiß man, daß die beiden ein Pott und ein Deckel sind. Die andere Hälfte muß das genauso empfunden haben, denn als wir – in der einen Hand das

Gastgeschenk in Form einer Flasche Wodka, in der anderen ein Stück Hundekuchen – bei ihnen auftauchten, herrschte einen Moment lang Verwirrung, wer denn nun was bekommen sollte.

Aber ich bin vom Thema abgekommen. Was ich Ihnen eigentlich erzählen wollte, könnte jetzt ein bißchen überraschend für Sie kommen, weil Sie möglicherweise den Eindruck gewonnen haben, daß ich grundsätzlich für Hunde, die durch den Körperbau Erdverbundenheit demonstrieren, nicht viel übrig hätte. Gut, ich will das nicht rundweg ableugnen, diese Miniaturausgaben wieseln einem ständig zwischen den Beinen herum und neigen dazu, schnell mal zuzuschnappen, aber es gibt eben Ausnahmen. Jedenfalls ertappte ich mich immer öfter dabei, daß meine Gedanken zurück zu dem schüchternen kleinen Augapfel wanderten, mit dem ich erst jüngst Freundschaft geschlossen hatte – dem Mädchen von nebenan, die mit dem süßen Bärtchen meine ich. In den folgenden Wochen huschte ich, sooft sich eine Gelegenheit bot, schnell mal zu ihr rüber, in der Hoffnung, daß wir doch noch eine Lösung für das Problem fänden, an dem wir seinerzeit gescheitert waren. Auch der wahren Liebe öffnen sich nicht immer Tür und Tor, wie zum Beispiel ein Pekinese erfahren mußte, als er sich in eine romantische Beziehung zu einem Sofakissen verstricken ließ. Aber in unserem Fall war ich überzeugt, daß unsere Findigkeit zu guter Letzt obsiegen würde.

Erfahrene Generäle und Einbrecher werden Ihnen bestätigen, daß Erkundung der Schlüssel zum Erfolg ist, und so verbrachte auch ich viele Stunden hinter meinem Busch oberhalb des Hofes, verfolgte das Kommen und Gehen und wartete auf den *moment juste*. Morgens folgte der Ablauf der Ereignisse immer derselben Routine, indem die Dame des Hauses die Erwählte meines Herzens – Fifine wurde sie gerufen, wenn ich das richtig mitgekriegt habe – zum fälligen Spaziergang durch die Felder abholte und anschließend wieder in der Nähe der Hintertür festband. Eines Tages beschloß ich, die Verteidigungsbereitschaft auf die Probe zu stellen und aus meinem Versteck hinter dem Busch einen schmachtenden Lockruf auszustoßen. Fifine spitzte die Ohren, und ich hatte den Eindruck, daß sie – grob in meine Richtung – ein Küßchen schmatzte, aber dann war ich noch nicht mal halb den Hang runter, als die Tür aufgerissen wurde und das leibhaftige Sinnbild eines Fieslings auftauchte, wutschnaubend und mit geschwungenem Tranchiermesser.

So ging es weiter, jeder meiner Annäherungsversuche wurde von dem alten Knochen in der Küche vereitelt. Und dann geschah etwas, was meine Leidenschaft augenblicklich abkühlte und mich zu der Einsicht brachte, daß ich besser daran täte, mein Glück woanders zu versuchen. Es war die Stunde des Aperitifs, Fifines Herr und Gebieter hatte sich wie gewöhnlich mit einem Glas in den Schatten eines Baumes zurückgezogen, um von des Tages Mühen auszuruhen. Hin und wieder machte er Fifine bei solchen Gelegenheiten los, und dann genossen sie den Sonnenuntergang in trauter Zweisamkeit, obwohl ich nie verstanden habe, wieso sie sich ihm zu Füßen legte, wenn sie auch mich zur Verfügung gehabt hätte. Aber man kann eben nie richtig abschätzen, wie ein weibliches Wesen reagieren wird. Im einen Augenblick sind sie ganz hin und weg, im nächsten zeigen sie einem die kalte Schulter. Wie ich höre, hat das irgendwas mit dem Mond zu tun.

Wie auch immer, der Alte und Fifine genossen gerade unter dem Baum die blaue Stunde, als sich plötzlich niemand anderes als mein alter Freund, Professor Roussel von der Hühnerakademie, einstellte, begleitet von einem Hund, der aussah, als hätten sich unter seinen Vorfahren etliche Nagetiere getummelt – gedrungen, kurzbeinig, spitze Schnauze, von Kopf bis Schwanz potthäßlich. Sie haben den Typ schon mal auf den Schildern gesehen, auf denen man vor Tollwut gewarnt wird. Offenkundig kannten sie sich alle schon, denn die beiden Männer machten sich's mit einer Flasche gemütlich, und Fifine und der kleine Dicke tollten auf der Wiese herum. Das allein traf mich schon wie ein Schlag ins Gesicht, aber es sollte noch schlimmer kommen.

Die beiden Männer süffelten ihren Hustensaft und waren so angeregt ins Gespräch vertieft, daß sie gar nicht mitbekamen, was ich klar und deutlich beobachten konnte. Fifine, die sich wie ein willfähriges kleines Flittchen aufführte, lockte ihren Spielgefährten vom Baum weg und hinters Haus, scharwenzelte um ihn herum, hüpfte über ihn weg (was ja nicht schwierig war), ließ sich auf den Rücken fallen und baggerte ihn, wie man so sagt, nach allen Regeln der Kunst an. Eine ungehobelte Provokation eindeutig sexueller Natur, anders kann ich es nicht beschreiben. Da hätte sie ihn auch gleich an den Speckfalten im Genick packen und wegschleppen können. Ich fand das Spektakel höchst anstößig, aber Sie wissen ja, wie es ist, wenn sich irgendwo etwas Schreckliches und zugleich Faszinierendes ereignet: Man kann einfach nicht wegsehen.

180

Die Träume waren zerronnen

Mein Feingefühl gebietet mir, den Schleier des Schweigens über das zu ziehen, was sich dann abspielte. Es mag genügen, wenn ich sage, daß Fifine sich mit der kleinwüchsigen Mißgeburt hinter einen Rosenbusch zurückzog, um sich anschließend – mit einer Miene wie das Blümlein-rühr-mich-nicht-an nach einem anstrengenden Krocketspiel – zu Füßen ihres Herrn niederzulassen. Die Träume waren zerronnen, mein Herz gebrochen, voller Seelenqual und im Innersten aufgewühlt kehrte ich nach Hause zurück. Zum Glück fand ich den Markknochen, den die Labradorlady vergraben hatte, so daß der Tag mir wenigstens noch ein Erfolgserlebnis bescherte. Nichtsdestoweniger, es war ein emotionaler Rückschlag, ich sah alle meine Vorbehalte gegenüber Hunden mit kurzen Beinen bestätigt. Sklaven des schnellen Vergnügens, wenn Sie meine Meinung hören wollen, die nicht lange fragen, mit wem sie's zu tun haben. Ich strich Fifine von der Liste künftiger Attraktionen und beschloß, mir eine passendere Gespielin zu suchen, vielleicht eine der beiden Dobermannschwestern, die ich am Sonntagvormittag im Wald gesehen hatte. Oder auch alle beide, man will ja nicht immer nur an sich selbst denken.

Es war schon Herbst, als ich wieder an Fifine erinnert wurde, und zwar auf höchst unangenehme Weise. Um damit anzufangen, es war ein Abend ohne gesellschaftliche Verpflichtungen, wir waren *en famille* – ein Feuerchen flackerte, es gab in der Küche was Leckeres zu essen, die beiden alten Mädels trollten sich in ihren Korb, und dann klopfte es auf einmal an der Tür. Das Management reagiert auf unerwartete Störungen während der Essenszeit nie sonderlich freundlich und zeigt sich wenig geneigt, den, der da ungebeten vor der Tür steht, willkommen zu heißen. Madame richtet die Augen himmelwärts, die andere Hälfte murmelt ein paar Verwünschungen, und wie ich die beiden kenne, würden sie am liebsten im Schlafzimmer verschwinden und so tun, als wären sie nicht da. Aber an jenem Abend hörte das Klopfen nicht auf, und die andere Hälfte wurde erwählt, den Störenfried zum Teufel zu schicken.

Das mißlang ihm kläglich, wie das bei ihm oft der Fall ist. Ich fürchte, ihm fehlt auf der Türschwelle einfach der Killerinstinkt. Mir ist schon häufig der Gedanke gekommen, ihm beizubringen, wie man zubeißt. Als er zurückkam, hatte er eine mir wohlbekannte gedrungene Gestalt im Schlepptau: den Kerl, dem Fifine gehörte – die Mütze in der Hand, mit einem Gesicht, als ob's gleich Blitz und Donner gäbe. Und dann entdeckte er mich, vor dem Kamin ausgestreckt.

Kaum hatte er sich als Monsieur Poilu vorgestellt, da fing

er auch schon an, sich in einen Zustand hochgradiger Erregung zu steigern. Er schwenkte die Mütze in meine Richtung und bot überhaupt das Bild eines Mannes, dem himmelschreiendes Unrecht widerfahren ist. »Meine liebe kleine Fifine«, lamentierte er, »die wie eine Tochter für mich ist – Madame und mir war nämlich das Glück, eigene Kinder zu haben, nicht beschieden –, ist schändlich entehrt worden. Die Unschuld wurde ihr geraubt, und nun ist sie hochschwanger, und ich muß hier in diesem Raum den niederträchtigen Lüstling erblicken, der dafür verantwortlich ist.« Für den Fall, daß er sich vielleicht nicht eindeutig genug ausgedrückt hätte, kam er zu mir herübergestiefelt, deutete mit erregt zitterndem Finger auf mich und fuhr in heiligem Zorn fort: »Er war's. Oh, diese Bestie! Und sehen Sie sich nur an, wie groß er ist. Der Gedanke, daß dieser brutale Kerl und meine Fifine ... ach, sie ist ja so winzig, so wehrlos, *quelle horreur*. Ihr Leben ist ruiniert, und was dazukommt: Meine liebe Frau hat einen Schock erlitten. Einmal mußte der Arzt schon zu uns ins Haus kommen. Was das kostet! Die ganze Familie ist verzweifelt ...«

Er legte eine Pause ein, um Luft zu holen und sich weitere Argumente einfallen zu lassen, und ich hatte inzwischen Gelegenheit, darüber nachzugrübeln, wie ungerecht das alles war. Nicht nur, daß ich völlig schuldlos war – obwohl's an Versuchen nicht gefehlt hatte –, nein, ich hatte ja darüber hinaus mit eigenen Augen dem schändlichen Treiben zugesehen und wußte, daß – wenn überhaupt – der kleine Dicke und nicht etwa Fifine die Unschuld verloren hatte. Und als ich mir das Geschehen an jenem Abend in Erinnerung rief, wurde mir alles sonnenklar. Poilu hatte zweifellos von seinem

Freund Roussel die Geschichte mit dem weit überbe-
zahlten Huhn erfahren und sah nun die Chance, ein wenig finanzielle Unterstützung herauszuschlagen, für die
tierärztlichen Bemühungen bei der Geburt und für Madame Poilus Migränetabletten, und für ein gutes Abendessen würde auch noch ein stattliches Sümmchen übrigbleiben. Mit anderen Worten: eine Vaterschaftsklage.
Sie mögen das für eine zynische Schlußfolgerung halten, aber ich kenne die Sorte Leute und kann Ihnen versichern, daß sie in der Brieftasche eines ihrer lebens-
wichtigen Organe sehen.

Eine Vaterschaftsklage

184

Das Management hatte natürlich keine Ahnung, wie es sich in Wirklichkeit verhielt, und so saßen sie da und nickten ernst, während Poilu durchs Zimmer wankte, sich die fiebernasse Stirn rieb und – Schaum vor dem Mund – irgendwas von der Sünde Sold vor sich hin stammelte. Ich dachte schon, nun würde er jeden Augenblick die Rechnung aus der Tasche ziehen, aber dann hatte er auf einmal sein Pulver verschossen, stand mit stierem Blick und wogender Brust da, atemlos vor innerer Bewegung – oder vor Durst, manchen Leuten dörrt bei Schimpftiraden die Kehle aus.

Fürs erste griff das Management nicht auf die Beruhigungsflasche zurück, sondern stellte Poilu statt dessen ein paar Fragen. Ob er den Vorfall selber beobachtet hätte? Wann das genau gewesen wäre? Und ob's nicht auch ein anderer Hund gewesen sein könnte?

Poilu plusterte sich auf und tat so, als hätte er mit dem Notizbuch dabeigestanden und jedes belastende Detail schriftlich festgehalten, und dann beging er den Fehler, noch mal auf Fifines winzigen Körperbau zu sprechen zu kommen, wahrscheinlich, weil er dachte, dadurch würde das ganze Ausmaß meines Frevels um so deutlicher und das Mitgefühl des Auditoriums noch gesteigert. Schließlich stellte das Management die Frage, auf die ich schon die ganze Zeit wartete: »Wie klein ist denn Fifine?«

»Ah – sie ist winzig. Ein kleines Nichts. Und so süß.« Und Poilu half seiner Aussage durch anschauliche Gesten nach, indem er irgend etwas andeutete, was nicht viel größer als ein gutgenährter Goldfisch sein konnte.

»Wenn das so ist«, meinte das Management, »wie kann es denn dann überhaupt zu dieser unglücklichen Liaison zwischen unseren Hunden gekommen sein? Boy ist, wie Sie selbst sehen, ziemlich groß. Ein paarmal so groß wie Fifine. Und er wiegt mindestens doppelt soviel. Das sind nicht gerade Idealbedingungen.«

Ganz meiner Meinung. Wie Sie sich erinnern, hatte ich mich nach besten Kräften, aber erfolglos bemüht, die durch die Natur gegebenen Hemmnisse zu überwinden. Damit dürfte sich die Sache erledigt haben, dachte ich. Spiel, Satz und Match an die gastgebende Mannschaft, mein guter Ruf wiederhergestellt, Poilu als das entlarvt, was er ist, nämlich ein verleumderischer Erpresser. Ich hatte es ja gleich gewußt. Also legte ich mich gähnend auf die Seite, es war alles gesagt, was es zu sagen gab.

Aber Poilu ging nicht. Er bat um eine Schachtel, und als die andere Hälfte einen alten Weinkarton aus der Garage angeschleppt hatte, stellte er ihn auf den Fußboden, legte seine Mütze darauf und sagte:»Bitte haben Sie die Freundlichkeit, Ihren Hund auf meine Mütze anzusetzen.«

Ich weiß nicht, wer mehr verblüfft war, das Management oder ich, aber sie beschlossen, dem alten Grobian den Gefallen zu tun, und so wurde ich herbeizitiert und mußte hinter der Mütze, die auf dem Weinkarton lag, Position beziehen. Das Ding befand sich ungefähr in meiner Brusthöhe, und das schien Poilu ungeheuer zu belustigen. Er nickte ein paarmal und grunzte zufrieden, während er mich umrundete.»Genau wie ich dachte«, sagte er.»Nehmen wir mal an, meine Mütze wäre die kleine Fifine. Dann befindet sie sich, wie Sie selber feststellen können, jetzt in gleicher Höhe mit Ihrem Hund. Und wenn nun noch eine gewisse Aufwärtsbewegung dazukommt, ist alles möglich. O ja«, wiederholte er und rieb sich genüßlich die Hände, »genau, wie ich's mir gedacht habe. So muß es sich abgespielt haben.«

Ich mochte kaum meinen Ohren trauen, und sogar das Management hatte offensichtlich Schwierigkeiten, angemessen ernst zu bleiben. Poilu brachte es womöglich fertig, im nächsten Augenblick mit aufs Herz gelegter Hand zu schwören, er habe mich mit einem Weinkarton oder einer Trittleiter (oder warum nicht gleich mit einer tragbaren Winde?) ums Haus schleichen sehen, und wahrscheinlich wäre es tatsächlich noch so weit gekommen, wenn Madame nicht plötzlich der *rôti de porc* eingefallen wäre, den sie im Herd hatte. »Hirnverbrannter Blödsinn«, sagte sie, entschwand in die Küche und überließ es der anderen Hälfte und Poilu, sich weiter finster anzustarren.

Fünf Minuten lang brauchten die beiden noch, um dahinterzukommen, daß sie sich sowieso nicht einig wurden, dann stellte Poilu fest, daß er um diese Zeit gewöhnlich schon im Bett lag, und da es nicht so aussah, als könnte er einen Scheck mit nach Hause nehmen, kündigte er an: »Damit ist die Angelegenheit bestimmt nicht erledigt, Sie hören noch von mir!«, stand auf, reckte das Kinn und ging.

Nun, wir hörten nichts mehr von ihm, und spätestens, als Fifine einen Wurf Junge zur Welt brachte, eins häßlicher als das andere, war die Sache klar. Ich habe sie mal gesehen, als ich mit der anderen Hälfte zu einem Spaziergang unterwegs war: graue, kugelbäuchige, kurzbeinige Winzlinge, das exakte Ebenbild ihres Vaters. Klage abgewiesen.

An ihrem Dunste
sollst du sie erkennen

So, nun mal was anderes. Heute abend steht bei uns eine Soirée auf dem Programm – eine Dinnerparty, die Zusammenkunft lauter kultivierter, weltkluger Leute, die sich kreuz und quer über die Tischplatte die Epigramme nur so zuwerfen und mit den Bällen der gehobenen Konversation geschickt zu jonglieren wissen. Das ist jedenfalls die optimistische Theorie. Schaun wir mal.

Inzwischen zeigt das Management schon Anzeichen beginnender Panik, wie das oft ist, und grübelt, ob wohl die Vorbereitungen so gediehen sind, daß die Gäste des Abends noch lange an die Annehmlichkeiten wahrer Gastfreundschaft zurückdenken. Die andere Hälfte schleppt eigenhändig jede Menge Wein aus dem Keller hoch, grinst in sich hinein und macht indiskrete Bemerkungen über den zu vermutenden Effekt bei denen, die das Zeug trinken. Das bringt nun Madame, die mitten im Endkampf mit einem Soufflé steht, in Rage, und sie erinnert ihn daran, daß es unsere lieben Freunde sind. Die andere Hälfte schnaubt geringschätzig und sagt, er wäre wirklich gern mal mit einem Abstinenzler befreundet. Madame schnaubt zurück, und so geht's eine Weile weiter. Mir drängt sich allmählich der Eindruck auf, daß ich im Küchenbereich nicht benötigt werde.

Überall Füße – also potentielle Gefahrenquellen. Ich ziehe mich in die Schutzzone des Gartens zurück, um meinen Gedanken nachzuhängen.

Wieso ißt der Mensch so gern in der Herde? Und wann nimmt er diese Gewohnheit an? Solange er klein ist, scheint er das noch nicht zu tun, was ungefähr die einzige positive Feststellung ist, die ich zu Babys machen kann. Als Baby tendiert der Mensch dazu, allein zu essen, und richtet dabei eine derartige Riesenschweinerei an, daß nahezu ständig irgendwas von seinem Thronstühlchen herunterkleckst. Davon abgesehen, neige ich dazu, W.C. Fields recht zu geben, der auf die Frage, wie er Babys am liebsten habe, erwidert hat: »Gekocht.« Und das spricht für ihn. Lauter unberechenbare kleine Äffchen, jedenfalls die meisten. Zupfen einen dauernd an den Barthaaren und versuchen, einem die Ohren abzuschrauben. Na gut, wenn genug Lammpüree zu mir heruntersegelt, bin ich bereit, großzügig über ihren mangelnden gesellschaftlichen Schliff hinwegzusehen.

Glücklicherweise werden heute abend keine Babys dabeisein. Das erkennt man am Arrangement der Möbel. Wenn das Haus leergeräumt wird, bis es Ähnlichkeit mit einem Operationssaal hat, kann man darauf wetten, daß seine Majestät das Baby nicht weit weg ist. Aber heute ist nichts leergeräumt worden, also werden offensichtlich nur Erwachsene erwartet. Was auch die eine oder andere Gefahr in sich birgt, aber man kann sich besser darauf einstellen.

Ich wage vorherzusagen, daß wir, sobald das mit dem Trinken erst mal ausufert, das übliche Affentheater erleben werden: ohrenbetäubendes Geschnatter, Füße, die ohne Rücksicht ruckartig ihre Position verändern, den Tatbestand der üblen Nachrede erfüllende Bemerkungen über enge, aber abwesende Freunde, und im übrigen kommt es höchst selten und immer nur zufällig vor, daß von oben mal ein Brosamen für die schweigende Minderheit unter dem Tisch abfällt. Dennoch gibt es Leute, die ein Dinner für eine der erfreulichsten Errungenschaften des zivilisierten Lebens halten. Nehmen Sie's mir nicht übel, aber genau dieselben Leute wählen Politiker, die reif wären für die Einweisung in eine geschlossene Anstalt, oder melden sich zu Aerobic-Kursen an, woran man ja wohl sieht, daß sie nicht alle Tassen im Schrank haben.

Nun gut, alles ist irgendwann vorbei, und so bleibt mir immer noch die Vorfreude auf den anschließenden obligaten Abgesang. Der wird traditionell zwischen Bergen von schmutzigem Geschirr in der Küche angestimmt, wo die beiden Mädels und ich dann schon freudig auf die Überbleibsel des festlichen Abends warten und der Kommentare unserer genialen Gastgeber harren, wenn sie die leeren Flaschen zählen und einmütig den Nie-mehr-wieder-Schwur ausstoßen.

Ich kann Ihnen versichern, daß es an solchen Abenden schon zu geradezu klassischen Szenen gekommen ist – eher Drama als Komödie. Tränen gab es, verbale Mißhandlung, Anschuldigungen, Zerknirschung – und einmal sogar physische Gewalt. Letzteres hatte sich so ergeben:

Mrs. Franklin, eine formidable amerikanische Lady, die uns alljährlich im Verlauf ihrer schrittweisen Annäherung an das Cap d'Antibes mit ihrem Besuch beehrt, hatte den Wunsch geäußert, einen waschechten Einheimischen kennenzulernen, einen *homme du coin*, sozusagen einen in der Wolle eingefärbten Eingeborenen. Da gab es nun gewisse Schwierigkeiten, weil alle Einheimischen mit auch nur einem Funken Verstand sich im Sommer rar machen oder irgendwo untertauchen, wo es schön kühl und feucht ist und sie, ohne sonderlich aufzufallen, in abenteuerlichen Verkleidungen herumlaufen können, zum Beispiel in Schottland. Also wurden die letzten Winkel durchgekämmt, bis das Management schließlich fündig wurde und Raoul, den Politaktivisten, dazu überredete, den Barrikaden von Avignon vorübergehend den Rücken zu kehren und die Tischrunde mit seiner unrasierten Gegenwart zu beglücken.

Das war, so belanglos es erscheinen mochte, ein regelrechtes Sakrileg, da weder Madame noch die andere Hälfte Raoul in ihr Herz geschlossen haben; er gibt sich ein bißchen stachelig, sieht auch ums Kinn herum so aus und säuft im übrigen wie ein Loch. Aber die Auswahl war nun mal nicht groß, und daß er langweilig gewesen wäre, konnte ihm niemand nachsagen, und im übrigen war er eben ein waschechter Einheimischer. Nicht nur das, sondern darüber hinaus ein glühender Vorkämpfer für die Reinhaltung des glorreichen französischen Erbes (das sich, wie ich das sehe, im wesentlichen im Unterhalt von Museen, in der Beherrschung von weitausholenden Gesten und in einem abnormen Mißbrauch von fester und flüssiger Nahrung erschöpft, aber das nur nebenbei). Raoul hatte jedenfalls zugesagt, sein am wenigsten speckiges Lederjackett anzuziehen und zu kommen, worüber Mrs. Franklin, die ihm zu Ehren ihr bestes Chintzkleid angelegt hatte, angemessen erfreut war.

Während des Essens benahmen sie sich wie mustergültige Diplomaten, tauschten Artigkeiten aus und bekundeten großes Interesse an ihren wechselseitigen Meinungen über die Preise für Melonen und die latente Bedrohung, die darin liegt, wenn einer seine Baseballkappe verkehrt herum aufsetzt; kurzum, der Abend schien unter dem Leitstern ausgesuchtester Höflichkeit zu stehen. Erst als das Management, die Gastgeber – die ich in Verdacht habe, manchmal absichtlich böses Blut zu machen, weil sie sich dann leichter wachhalten können –, reichlich Brandy einschenkten und beiläufig Euro-Disney erwähnten, begannen die Fetzen zu fliegen.

Raoul verschluckte sich fast an seiner Medizin. *Quelle horreur!* Die französische Kultur, dieses leuchtende Juwel in der Krone der Zivilisation, wurde durch heillose amerikanische Errungenschaften schändlich besudelt: Coca-Cola, Big Mac und nun auch noch diese unsägliche Mickymaus mit ihren Segelohren. De Gaulle hätte so etwas Pöbelhaftes nie und nimmer auf französischer Erde geduldet.

Dummes Geschwätz, sagte Mrs. F., zur sattsam bekannten Pöbelhaftigkeit an der Côte d'Azur habe Euro-Disney nichts beigesteuert. »Und noch etwas«, sagte sie und hob ihr Glas, »die Installationen im Euro-Disney suchen im übrigen Frankreich leider vergeblich ihresgleichen.« Man hätte meinen können, sie werde im nächsten Atemzug vorschlagen, Monsieur Micky solle seinen Wohnsitz im Elyséepalast nehmen.

Ich weiß nicht, ob sich unter Raouls verehrten Altvorderen solche befanden, die etwas mit dem Vertrieb und der Installation von sanitären Anlagen zu tun hatten, jedenfalls genügte das bloße Stichwort Klempnerei, um ihn gewaltig auf die Palme zu bringen. Er sprang auf, schlug mit der Faust auf den Tisch und startete eine großangelegte Hetzkampagne gegen die Übel des amerikanischen Einflusses, vom Kaugummi bis zu Sylvester Stallone (beides sehr populär in Frankreich, wie ich hinzufügen sollte). Und dann machte er den Fehler, sich – mit rudernden Armen, wobei der Brandy nur so schwappte – zu Bemerkungen über Mrs. Franklins Outfit hinreißen zu lassen und sich mit geschürzten Lippen zu mokieren: »Sehen Sie sich doch bloß dieses Kleid an! Das ist es, was ich mit amerikanischer Pöbelhaftigkeit meine!« Natürlich ging er jetzt zu weit, aber mit so was muß man bei Raoul rechnen, deshalb ist er ja bei Dinnerparties wenig gefragt.

Wie auch immer, das war das Tüpfelchen aufs i. Mrs. Franklin war im Nu auf den Beinen und um den Tisch herumgeschossen, beachtlich schnell für eine Frau in ihrem Alter, und verpaßte ihm mit ihrer Handtasche einen Schwinger auf die Nase. In dem Ding muß sie irgendwas Schweres mit sich herumgeschleppt haben – ihre Schmuckreserven fürs Wochenende oder ein Dutzend Spraydosen zur Selbstverteidigung –, weil Raouls Nase zu bluten anfing. Das aber schien sie nur zu weiteren Bemühungen anzustacheln, sie jagte ihn – unter wahrem Kriegsgeschrei und zum Knockout entschlossen – aus dem Haus.

Und was, könnten Sie nun fragen, taten die übrigen Anwesenden in unserer kultivierten Runde, als sich dies alles vor ihren Augen ereignete? Absolut nichts – was mich glauben läßt, daß Menschen sich an denselben Prinzipien orientieren wie Hunde: Misch dich nicht in rechtschaffene Meinungsverschiedenheiten ein. Wer so was versucht, riskiert nur, von beiden Seiten gebissen zu werden.

Aus diesem Beispiel mögen Sie ersehen, daß es bei Dinnerparties in multikultureller Gesellschaft bisweilen zu ungeplantem Zeitvertreib kommen kann, und in diesem Sinne hoffe ich, daß wir es auch heute abend wieder mit einem unterhaltsam bunten Gemisch zu tun haben werden.

Aha, sehen kann ich sie zwar noch nicht, aber ich höre sie bereits mit viel Lärm kommen. Falls Sie gelegentlich mal die schmetternden Schreie und das lautstarke Getrampel von Eseln gehört haben, können Sie sich sicher ein Bild davon machen. Es ist in etwa dieselbe akustische Belästigung. Wobei erschwerend hinzukommt, daß sie ohne ein Wort des Grußes an mir vorbeirauschen. Aus lauter Gier, möglichst rasch an die Tränke zu kommen, nehme ich an. Nun, ich folge ihnen ins Haus, durchsuche die Handtaschen der Damen nach potentiellen Angriffswaffen und verfolge im übrigen die üblichen rituellen Tänze – das obligatorische Vorspiel, bevor es richtig zur Sache geht.

Mir kommt es nach wie vor befremdlich vor. Männer schütteln sich die Hände, Frauen schnäbeln sich auf die Wange, und dennoch entwickelt sich nie das, was ich informativen Körperkontakt nennen würde. Sie knicken in der Taille ein, bewegen sich unter Verrenkungen ruckweise hin und her, aber sie schaffen es einfach nicht, einander richtig in den Griff zu kriegen, wenn Sie mir folgen können. Dem Begrüßungszeremoniell mangelt es an Substanz. Wie kann jemand erwarten, durch einen Handschlag auf Armeslänge oder mittels eines flüchtigen Kontakts zwei Fingerbreit neben dem Ohrring irgend etwas Interessantes zu entdecken?

Meine Methoden der Begrüßung kommen dagegen, das

Meine Methoden der Begrüßung

möchte ich doch für mich in Anspruch nehmen, echt
von Herzen und sind in höchstem Maße enthüllend.
Schon bei der Annäherung wackele ich lebhaft mit dem
Schwanz. Das stärkt den eher ängstlicheren Gemütern
den Rücken, schafft sofort eine Atmosphäre von schlich-
ter Gutartigkeit und eröffnet die Möglichkeit, zu inti-
meren Methoden der Begrüßung überzugehen, zum
Beispiel zu einem sondierenden Schnüffeln an zentral
gelegenen Körperzonen des Gastes. Ich sollte erwähnen, daß es mir meine Größe ermöglicht, dieses Ritual
ohne das servile Auf- und Abhopsen zu absolvieren, dem
sich Hunde von gedrungenem Körperbau unterziehen

196

müssen. Sicherlich haben Sie das schon mal gesehen, unwillkürlich denkt man immer an ein in Fell gehülltes Jo-Jo.

Also: Schnauze am Hosenzwickel – und jetzt? Die Damen ringen um Atem und stoßen schrille kleine Schreie aus, die Herren unternehmen mannhafte Versuche, die Annäherung nur als weitere wunderliche Facette der bukolischen Lebensart zu werten. »Junge Hunde wollen eben spielen«, sagen sie. Oder sie fragen, von einer jähen Vorahnung beunruhigt: »Beißt er etwa?« Ich muß zugeben, von Zeit zu Zeit bin ich versucht, ein Maulvoll zu nehmen, besonders, wenn jemand mich Roger nennt oder mir Gin auf den Kopf tröpfelt, aber bis jetzt habe ich's noch jedesmal geschafft, mich zurückzuhalten. Dennoch, eines Tages ist es soweit. Irgendwann ist bei jedem mit der Gutmütigkeit Schluß.

Die Eingangsuntersuchung dauert nur wenige Sekunden, kann aber trotzdem für die unter uns, die über eine geschulte Nase und ein feines Empfinden für ethnische Unterschiede verfügen, sehr informativ sein. Heute abend stelle ich bei meinem Rundgang fest, daß wir es mit einem kunterbunten Gemisch fragwürdiger Subjekte aus verschiedenen Ländern zu tun haben, und dabei finde ich besonders interessant, wie häufig das individuelle Bouquet mit dem nationalen Stereotyp übereinstimmt.

Da haben wir zum Beispiel Jeremy, den Engländer, der das gängige Profil genau trifft. Er riecht feucht mit einem unterschwelligen Hauch von Sherry und dem leichten, aber seßhaften Mief nach englischem Tweed und erfolglos angewandtem Schuppenshampoo. Obwohl es ein warmer Abend ist, trägt er dicke Wollsocken, die einen unwillkürlich an Herbsttage und Treibjagden denken lassen. Er nennt mich »alter Junge« und scheint irgendwie ein bißchen enttäuscht zu sein, wenn ich meine Nase wegziehe und weitergehe.

Jules und Jim, die das Antiquitätengeschäft im Dorf betreiben, wieseln wie immer in ihrer aufgesetzt fröhlichen Art nervös herum. Wie die meisten unserer Landsleute hüllt auch sie ein anhaftend stechender Dunst ein, mit einer betont scharfen Grundnote aus Eau de Cologne, vermengt mit dem – je nach der Jahreszeit variierenden – Nachhall eines nahrhaften Mittagessens: Knoblauch, versteht sich, unverkennbar unterlegt von gesalzenen kleinen Sardellen und Pfefferkörnern, dazu die schwache Erinnerung an Anis und Alkohol vom Frühstückspastis. Eine Duftkombination, die bei mir häufig dazu führt, daß ich ihnen einmal kräftig über die weißen Espadrilles niesen muß.

Jung-Linda und ihre Schwester Erica aus Washington riechen wie alle Amerikaner. Sie erinnern mich an jene frischgewaschenen Hemden, mit denen ich mal aus lauter Langeweile gespielt habe. Ein Wölkchen Mundwasser ist auch immer dabei. In der Nähe von Amerikanern halte ich mich selten lange auf, wegen dieses sanitären Bouquets. Außerdem habe ich den Eindruck, daß viele von ihnen in mir eine gesundheitliche Gefahr sehen.

Und schließlich haben wir da noch Angus, einen alten Freund des Managements, ein respektables Mannsbild aus den westlichen Highlands. Ich hege die Hoffnung, daß er eines Tages im Kilt mit umgehängter Felltasche auftauchen wird, was uns beiden die Möglichkeit eröffnen würde, völlig neue Erfahrungen miteinander zu machen. Schade, heute abend ist er in antiquierten Kord gewandet und riecht wie immer: nach Hafergrütze, verschüttetem Whisky, der Grenzregion zwischen den Cheviots und den Moorfoot Hills und nach Zigarrenasche.

Und das ist das Häuflein unserer Hauptdarsteller am heutigen Abend. Werden sie die Hörner wetzen und sich in der alten Tradition verbaler Attacken und schwerer Breitseiten üben? Ich hoffe es, denn ich habe herausgefunden, je höher die Wogen gehen, desto fahriger werden die Gesten, und das Endergebnis ist ein wenn auch ungewollter, so doch reicher Segen, bei dem es Manna von der Tischplatte regnet.

Zu guter Letzt, nachdem sie sich rund eine Stunde lang gegenseitig was ins Ohr geschrien haben, gibt Madame das Signal, und die Gäste strömen zum Dinner ins Eßzimmer. Bevor ich ihnen dort Gesellschaft leiste, räume ich – ordnungsliebend wie ich nun mal bin – die Platte mit den Kanapees ab, die eine wohlmeinende Seele auf einem niedrigen Tischchen für mich bereitgestellt hat, und philosophiere ein wenig über die aromatische Vielfalt der Weltbevölkerung, soweit sie sich aus der Spezies Mensch rekrutiert. Ich warte mit gespanntem Interesse darauf, endlich mal meinen ersten Australier kennenzulernen.

Die Sitzung

Die Menschen haben wunderliche Gewohnheiten – dauernd probieren sie irgendeine Diät aus, sie hüpfen auf Tanzfesten herum, sammeln Briefmarken und haben ein nahezu rührendes Vertrauen in den Aktienmarkt, um nur ein paar Absonderlichkeiten aufzuzählen, aber das merkwürdigste an ihnen ist, daß sie sich so ungern dem schlichten Vergnügen eines Spaziergangs hingeben. Das Management und ich brechen mindestens einmal täglich auf der Suche nach körperlicher Ertüchtigung und Abenteuern in den Wald auf. Richtig nett und fürsorglich von ihnen, wenn ich das mal so sagen darf, obwohl es auch Tage gibt, an denen ich mich vor dem Kamin wohler fühlen würde. Aber sie scheinen Spaziergänge zu mögen, deshalb tue ich immer so, als ginge ich gern mit. Schließlich ist der Wald ja ziemlich groß, und ich möchte nicht, daß sie sich verlaufen.

Was mich freilich nach all diesen Jahren immer noch überrascht, ist, daß sie überhaupt keinen Unternehmungsgeist zeigen. Sie schlendern einfach nur so dahin, sonst nichts. Kein Schnuppern, kein unbekümmertes Herumwälzen, kein Halt, um mal eben irgendeine Hinterlassenschaft am Fuß eines Baumes zu begießen, keine Ausgrabungen, kein rituelles Zuscharren, kein Anschleichen und ganz selten mal, daß sie sich den Spaß

gönnen, von einem Felsen zum anderen zu hüpfen –
und wenn, dann längst nicht so geschickt wie ich. Ich
versuche sie dazu zu ermutigen, indem ich's ihnen vor-
mache, aber sie gehen einfach stur weiter und weigern
sich, mitzuüben. Es könnte natürlich am Alter liegen,
alten Menschen kann man keine neuen Tricks beibrin-
gen.

Wie auch immer, während einer dieser Expeditionen
kam es zu einer zufälligen Begegnung, mit der meine
kurze Karriere in der Welt der schönen Künste begann.
Lassen Sie sich meine Geschichte eine Warnung sein,
daß man nicht ungestraft zu gutmütig sein darf.

Wir waren in den Hügeln über dem Dorf, das Management kam wie üblich hinter mir hergebummelt, als ich
plötzlich eine raschelnde Bewegung hörte und mir – in
der Hoffnung, auf ein Kaninchen zu treffen – sofort einen Stoßtruppauftrag gab und eilends durchs Gebüsch
brach. Zu meiner Enttäuschung war alles, worauf ich
stieß, eine menschliche Gestalt, und zwar eine, die ich
kannte. Es handelte sich um Eloïse, die Malerin, die
durch die grünen Gefilde schwebte wie durch ein verlorenes Wochenende und irgendwelche Zweige fotogra-
fierte. Sie trug ihr Aquarellensemble, bestehend aus einem wallenden Gewand, dazu Riemensandalen, farblich
und im Zuschnitt passend zu den Tragegurten ihrer Kamera, und einen überaus pittoresken Hut. Zweifellos
durchwandelte sie den Wald auf der Suche nach der Inspiration, die ihr aber, wie ich aus sicherer Quelle weiß,
schon vor etlichen Jahren verlorengegangen ist. Ach,
diese säuselnde Freude, mit der sie mich begrüßte!

»Oooh!« rief sie. »*C'est magnifique!* Bleib so stehen – vom
Waldesgrün eingerahmt wie aus einer Landschaft von

Le Douanier Rousseau. So *sauvage*.« Mir hing, erinnere ich mich, ein Zweig wildes Geißblatt am Ohr, und das muß irgend etwas in ihr ausgelöst haben. Sie sind schon ein absonderliches Völkchen, diese Künstler, immer für eine Schrulle gut.

Das Management kämpfte sich durchs Unterholz, und Madame, die andere Hälfte und Eloïse küßten sich und hielten sich gegenseitig die Hände umklammert, als hätten sie sich seit Jahren nicht gesehen. Dabei taucht sie dauernd bei uns auf, vermutlich, um nachzusehen, ob vielleicht doch irgendwo in einer Ecke ihre Muse stehengeblieben ist. Aber das ist eben das übliche Ritual: Wenn Freunde sich unvermutet über den Weg laufen, machen sie jedesmal ein Freudenfest daraus. Fragen Sie mich nicht, warum. Nun, ich war gerade drauf und dran, einer interessanten, Kurzweil versprechenden Witterung nachzuspüren – möglicherweise war es ein Fuchs oder vielleicht auch der alte Roussel, falls er die Strapazen eines Waldspaziergangs auf sich nahm –, als ich mitbekam, was Eloïse zum Management sagte, und auf der Stelle zur Salzsäule erstarrte.

Es sei wie ein Blitz über sie gekommen, als sie mich durchs Gebüsch brechen sah, sagte sie und zerknautschte in ihrer Erregung sogar ihren Hut. Der begnadete Augenblick, in dem das künstlerische Konzept geboren wird, der betäubende Spasmus der Inspiration. Wie Schuppen sei es ihr von den Augen gefallen, und nun sähe sie deutlich den Weg, den sie gehen müsse.

Das Management nickte und scharrte höflich mit den Füßen, aber ich sah ihnen an, daß sie genauso verdutzt waren wie ich, bis Eloïse fortfuhr, sich zu erklären. Sie ist darin wirklich nicht besonders gut, und so will ich Ihnen eine verkürzte Interpretation dessen geben, was sie in den nächsten zehn Minuten an wirrem Zeug zusammenredete. Anscheinend hatte sie ursprünglich vorgehabt, eine Aquarellserie von Spinnweben zu gestalten – daher die Kamera und das Herumknipsen vor allen möglichen Zweigen –, aber irgendwie wollte ihr die Arbeit nicht so recht von der Hand gehen (was bei ihr, um ehrlich zu sein, selten der Fall ist). Eloïse ist das, was man eher eine Künstlerin in Lauerstellung als eine praktizierende Malerin nennen könnte. Nun, ich denke, sie ist damit glücklicher dran. Einerseits vergeht die Zeit schneller, andererseits leidet ihr gesellschaftliches Leben nicht unter irgendwelchen Aktivitäten.

Aber jetzt, nachdem ihr mitten im Grünen neue Offenbarungen zuteil geworden waren, hatte sie beschlossen, das Spinnwebenprojekt aufzugeben, ihre Wasserfarben in die Ecke zu verbannen und sich mit ganzem Herzen der Leinwand und dem Öl hinzugeben, die, wie sie sagte, für gereifte und ernsthafte Künstler das Alpha und Omega sind. Um abschätzen zu können, wieviel unfreiwilliger Humor in ihrer Bemerkung lag, hätten Sie sie persönlich kennen müssen, aber genauso drückte sie sich aus. Das Management nickte unablässig weiter, scharrte mit den Füßen und wartete darauf, daß Eloïse ihre Vorlesung über Cézanne und Picasso beendete und wieder zur Sache kam.

Nach ein paar kurzen Exkursionen, die in den Fauvismus und zu van Gogh führten – unter besonderer Berücksichtigung des Einflusses, den der Absinth auf seine Arbeit gehabt hatte –, enthüllte uns die Herrin der Palette ihren Plan. Ein Meisterwerk wollte sie schaffen, die lebensgroße Studie vom König des Waldes, wie er

Die Aussicht auf Unsterblichkeit

durchs Gebüsch bricht, die auf Leinwand gebannte Epitome der Natur in all ihrer ungezähmten Erhabenheit. Nun, ich kriege gewöhnlich schnell mit, worauf ein Gespräch zusteuert, aber ich muß zugeben, diesmal dauerte es ein paar Sekunden, bevor mir der Sinn ihres Gebrabbels klarwurde. Sie wollte ein Porträt malen – mich, in Öl.

Das löste widersprüchliche Gefühle in mir aus. Auf der einen Seite die Genugtuung darüber, daß sie meine heroischen Züge offensichtlich klar erkannt hatte, und die Aussicht auf Unsterblichkeit sowie vielleicht auf den einen oder anderen Extraknochen als Erfrischungshäppchen für das Modell. Auf der anderen Seite schwante mir, was die ausführende Künstlerin anging, Böses. Wenn ich Ihnen erzähle, daß es sich um eine Frau handelt, die selber zugibt – und ich habe es mit eigenen Ohren gehört –, daß sie allmorgendlich ernsthafte künstlerische Probleme bei der Auswahl ihres Lippenstiftes hat, können Sie sich sicher denken, was mir durch den Kopf ging. Mit großer Wahrscheinlichkeit würden wir die nächsten paar Jahre in zaudernder Unentschlossenheit in ihrem Studio verbringen, während das Leben an mir vorbeirauschte, und bis das Porträt – falls sie je damit anfing – fertiggestellt war, hatte ich ein Alter erreicht, in dem ich der Hilfestellung durch eine ausgebildete Pflegerin bedurfte, wenn ich auch nur das Bein heben wollte.

Das Management schien indessen solche Befürchtungen nicht zu hegen. Ich glaube, sie hatten die Vision, mein Konterfei im Louvre hängen zu sehen, in der Abteilung für nicht eindeutig definierbare Lebewesen, direkt neben den übergewichtigen mittelalterlichen Cherubinen, die anscheinend bei allen helle Begeisterung auslösen. Ihr Boy – Lefze an Wange mit den alten Meistern. Sie hielten das Ganze für eine aufwühlende Idee. Nun, Enthusiasmus ist allemal gefährlich, und erst recht, wenn Eloïse ihre Finger im Spiel hat. Aber ich greife den Ereignissen vor.

Die Fortsetzung der Waldkonferenz wurde einstweilen auf unbestimmte Zeit vertagt, Eloïse enteilte, um ihre Siebensachen für das große Werk zusammenzusuchen, und das Management stellte schon mal optimistische

Überlegungen an, wann es denn wohl vollendet sein könne. Meine eigene Schätzung lag bei gut achtzehn Monaten, womit ich allerdings nur den Einkauf der notwendigen Materialien meinte, so daß ich keine Veranlassung sah, mir wegen der nahen Zukunft Kopfzerbrechen zu machen. Es würde nie so weit kommen, dessen war ich mir sicher, und um ehrlich zu sein, war mir der Gedanke eine Erleichterung. Ich bin nicht aus dem Holz geschnitzt, aus dem man Stilleben macht.

Tja, keiner von uns ist unfehlbar. Zu meiner großen Überraschung lag ich gründlich schief, Eloïse rief in der darauffolgenden Woche an, um mitzuteilen, es sei alles für die erste Sitzung vorbereitet. Bei mir wollte keine rechte Freude aufkommen, zumal ich für den nächsten Tag schon Pläne gemacht hatte und, wie gesagt, dem ganzen Projekt mit Zweifeln gegenüberstand. Das Management aber war in einem Status freudiger Erregung, und Madame und der anderen Hälfte zuliebe beging ich den Fehler, mich kooperativ zu zeigen. Nach einigem gänzlich unnötigen Herumschnippeln und -kämmen an den Barthaaren wurde ich an einer Tür abgeliefert, hinter der, wie Eloïse zu sagen beliebte, ihr »Atelier« lag.

Bei dem langen, schmalbrüstigen Gebäude ganz am Ende ihres Gartens handelte es sich um eine – dem Geruch nach erst kürzlich – umgebaute ehemalige Unterkunft für durchfallkranke Ziegen, und unter der Tür wartete auf uns die Antwort der Moderne auf Stubbs und Rembrandt – von Kopf bis Fuß in voller Kampfbekleidung. Nichts war's mehr mit Sandalen, verschwunden war das wallende Gewand, verbannt der fetzige Hut aus den oberflächlichen Tagen ihrer Aquarellphase. Hier zeigte sich uns eine völlig neue, ganz ihrer Aufgabe geweihte Eloïse, und zwar in einer Art Overall, wie ihn gewöhnlich Leute anziehen, die etwas mit Schweißbrennerarbeiten zu tun haben, dazu Gummistiefel und ein zinnoberrotes Stirnband.

Sie geleitete mich hinein und quasselte mir, während ich schon mal eine Besichtigung des Werksgeländes vornahm, die Ohren voll über unsere Zusammenarbeit zum höheren Ruhm des in Öl gefaßten Lebens – was eben Künstler so mit ihren Modellen besprechen. Ich war noch nie in einem Atelier gewesen, daher war alles neu für mich. In der Mitte des Raumes stand die Staffelei mit einer großen schneeweißen Leinwand, daneben ein länglicher Tisch mit Farbtuben, Töpfen mit Pinseln, Paletten und dem – ich erinnere mich, daß ich noch gedacht habe: unentbehrlichen – Utensil aller großen Künstler, nämlich einem Telefon. Und vor der Staffelei ragte unmotiviert etwas aus dem Boden, was ich am anschaulichsten als künstliche Grotte beschreiben könnte. Felsbrocken waren geschmackvoll zu einem Fundament mit unebener Oberfläche angeordnet, die Spalten und Ritze hatte Eloïse mit dahinkümmerndem Grünzeug verziert. Wenn einer ein sehr lebhaftes Vorstellungsvermögen und ein unkritisches Auge hatte, konnte er aus einiger Entfernung eine gewisse Ähnlichkeit mit der Natur ausmachen. Ich stellte fest, daß auf einem der Felsbrocken ein paar Biskuits liegengeblieben waren, nahm mich unverzüglich ihrer an und verlegte mich im übrigen aufs Zuhören, weil Eloïse gerade ein Telefongespräch führte. Es folgte ein zweites und noch ein drittes, wobei es jedesmal um dieselbe Botschaft ging: Sie rief ihre Freunde an, um ihnen einzuschärfen, daß man sie unter keinen Umständen stören möge. Wahrhaftig ein Witz, wenn man ihr Talent kennt, sich bei jeder Gelegenheit selber zu unterbrechen. Aber sie wollte eben alle wissen lassen, daß sie sich nunmehr einer bedeutenden Aufgabe zu stellen gedachte, ganz durch die Geburtswehen ihrer Kreation gefangen sei und einstweilen, bis sie wieder von sich hören ließe, jeglichem Kontakt zur Außenwelt entsagen müsse – und so weiter. Ich fragte mich, wie die alten Meister ohne Telefone auskommen konnten. Mit Hilfe reitender Boten, nehme ich an.

Ich wurde allmählich schon ein wenig nervös und hatte mehr denn je das Gefühl, daß ich mich durch mein zuvorkommendes Wesen in eine Situation manövriert hatte, die nichts als Langeweile versprach, das allerdings reichlich und auf vorläufig unbegrenzte Zeit. Erinnern Sie sich, was ich über allzu große Gutmütigkeit gesagt habe? Man muß dafür büßen, da kann es keinen Zweifel geben. Als ich so aus dem Fenster sah, um die Zeit bis zum Ende eines neuerlichen Telefonats zu überbrücken, bedauerte ich es beinahe ein wenig, daß mir von Geburt her eine so distinguierte Erscheinung geschenkt war. Es mag ein überaus beglückender Gedanke sein, daß Künstler bereitwillig für ihre Kunst leiden, aber uns Modelle sollten sie dabei außen vor lassen.

Schließlich schob Eloïse das Telefon beiseite, die Schlacht begann. Sie ergriff mich, führte mich in die Grotte und unternahm den Versuch, mich nach ihren Vorstellungen in Positur zu bringen. Nachdem sie mich mehrmals hin und her geschubst und – mal hinten, mal vorn – an mir herumgedrückt hatte, gelang es ihr, mich in eine Stellung zu rücken, die an Unbequemlichkeit nicht zu überbieten war. Das sei meine Pose, ließ sie mich wissen, und ich dürfe mich nicht bewegen und keinen Zentimeter von dem Felsbrocken abrücken, der mir ins Hinterteil drückte. Sie trat einige Schritte zurück, streckte den Arm aus, reckte den Daumen und blinzelte mich aus zusammengekniffenen Augen gedankenverloren an – ganz in der Manier von Degas im Ringen um die Perspektive. Aber – nein, irgend etwas gefiel ihr noch nicht. Es fehlte was. Ich durfte mich rühren, und sie eilte in den Garten, um Gott weiß was zu holen.

Triumphierend kehrte sie mit einem Armvoll Grünzeug zurück. Gartenbau gehört nicht zu meinen Stärken, deshalb kann ich mit der botanisch korrekten Bezeichnung nicht dienen, aber ich bin sicher, Ihnen ist das Zeug auch schon mal ins Gehege gekommen. Es rankt in sich gedreht wuchernd nach oben und hat lange Stacheln, die äußerst unangenehm pieken. Und man wird die Dinger ums Verrecken nicht mehr los, deshalb sollte man ihnen tunlichst nicht zu nahe kommen, vorausgesetzt, daß man auch nur einen Funken Verstand hat (eine Einschränkung, deretwegen die Regel selbstverständlich für Eloïse nicht galt).

Sie fing an, mir Kopf und Schultern mit diesem scheußlichen Zeug zu drapieren und murmelte dazu abgedroschene Phrasen über immergrüne Girlanden vor sich hin, die angeblich den Effekt erst abrundeten. Als sie ihr Werk vollendet hatte, kam ich mir absolut lächerlich vor; Ihnen ginge es nicht anders, wenn irgend jemand Sie als Busch verkleiden würde. Eloïse jedoch war anscheinend überzeugt, daß wir Fortschritte machten, sie schob mich wieder in meinen Pferch zwischen zerklüftetem Gestein und brach in Jubelrufe künstlerischen Entzückens aus.

»Ja!« rief sie. »Ja, jetzt kann ich es erkennen! Das Haupt umkränzt von einem Symbol der fruchtbaren Natur. *Superbe!*« Ich persönlich konnte, weil mir das Grünzeug über den Augen hing, sehr wenig erkennen und neige dazu, darin die Ursache für den Zwischenfall zu sehen, zu dem es wenig später kam. Es handelte sich jedoch, wie ich vorsorglich betonen möchte, keineswegs um eine böswillig geplante Aktion, auch wenn Eloïse das hinterher so dargestellt hat.

Bis dahin war im übrigen noch kein Tropfen Farbe vergeudet worden. Ich fühlte mich an beiden Enden äußerst unbehaglich, war nahezu blind, und meine Ungeduld steigerte sich in rapidem Tempo. Und dann läutete das Telefon.

Hätte Picasso oder irgendein anderer unter den großen Maestri des geschwungenen Pinsels zum Hörer gegriffen? Natürlich nicht. Griff Eloïse zum Hörer? Natürlich ja. Ich habe mal jemanden – unfreundlich, ich weiß, aber so ist das eben oft beim Umgang mit der Wahrheit – sagen hören, es bedürfe schon eines chirurgischen Eingriffs, um ihr Ohr vom Telefonhörer zu trennen. Sie ließ sich zunächst nieder und sodann mit einer ihrer figurbewußten Freundinnen auf eine ausführliche Erörterung der Vorteile einer Absaugung des Fettgewebes ein, und das war der Augenblick, in dem ich zu der Erkenntnis kam, daß das Maß irgendwann voll ist. Ich stemmte mich von meiner Folterbank hoch und tappte zur Tür, in der Absicht, mich draußen irgendwie des abgerupften Grünzeugs zu entledigen. Da mir aber die Sicht genommen war, stieß ich unglücklicherweise gegen die Staffelei. Die Leinwand fiel mir auf den Kopf, und ich holte – von einer Kombination aus Instinkt und momentaner Verwirrung getrieben – augenblicklich zum Gegenschlag aus.

Es war der Augenblick, der mich mit diesem Tag versöhnte. Ich weiß nicht, ob Sie je Anlaß hatten, eine einszwanzig mal einszwanzig messende Leinwand zu attackieren, aber ich kann Ihnen das, falls Ihnen daran liegt, sich mal richtig abzureagieren, nicht besonders empfehlen. Das Zeug zerreißt traumhaft leicht, es besteht keine Verletzungsgefahr. Ich stürzte mich darauf wie ein Tiger, und im Nu waren nur noch Fetzen und ein paar kümmerliche Streifen übrig, abgesehen natürlich von einer völlig verwirrten Eloïse, die ihre Freundin live

Der Augenblick, der
mich mit diesem Tag versöhnte

per Telefon über die Situation auf dem laufenden hielt.
»O Gott, er ist zum heimtückischen Mörder geworden!
Mein Werk ist zerstört. Ich fürchte um mein Leben. Ruf
die Polizei!« Ich sollte vielleicht erwähnen, daß die ver-
ängstigte Künstlerin in Sorge um ihre Sicherheit den
Tisch erklommen hatte und mit den gestiefelten Füßen
auf den Tuben mit Aquamarinblau und Krapprot herum-
hüpfte, wobei aus einigen ein Farbstrahl hervorschoß,
und zwar so, daß ich den ganzen Segen abkriegte.
Ich bin sicher, daß Sie sich den Rest denken können.
Durch einen Notruf wurde das Management herbeizitiert, sie kamen eilends herübergerannt, und – wenn
ich's Ihnen sage – es war das erste Mal, daß ich sie zu-
sammenzucken sah. Da kratzte ich nun, mit Grünzeug
und Leinwandschnitzeln behängt und von Spritzern in
allen Farben des Regenbogens verziert, an der Tür, um
endlich ins Freie zu kommen, und Eloïse stand auf dem
Tisch, hielt den Telefonhörer gegen die wogende Brust
gepreßt und bereitete sich auf einen Ohnmachtsanfall
vor. Ich war nicht in der Stimmung, um den Anblick
richtig zu genießen, bin aber sicher, einige Leute hätten
es sich, um das miterleben zu dürfen, ein angemessenes
Eintrittsgeld kosten lassen.
Es ging für uns alle übel aus. Das Management versprach, zu Hause gleich einen Scheck zur Wiedergut-
machung des materiellen und seelischen Schadens aus-
zuschreiben. Ich wurde einer höchst widerlichen Behandlung mit Schere und Farblöser unterworfen. Und
Eloïse stand, behauptete sie jedenfalls, anschließend
noch wochenlang unter Schock. Soviel zur Kunst. Ist,
wenn Sie mich fragen, den ganzen Rummel, der darum
gemacht wird, nicht wert.

Anmerkungen zur Spezies Mensch

*U*nd wenn ich sechzehn Jahre alt werde, die schillernde Vielschichtigkeit der menschlichen Natur werde ich wohl nie ganz verstehen. Ich weiß allerdings auch nicht, ob ich's überhaupt will. Es wäre eine Aufgabe, mit der man sein Leben lang zu tun hätte, und dauernd nur über das Mysterium der Existenz nachzugrübeln, schadet der Gesundheit. Sehen Sie sich doch an, was mit den Philosophen passiert. Bei den allermeisten endet's damit, daß sie, unwirsch geworden, törichtes Zeug zusammenreden, zur Flasche greifen oder an einer obskuren Universität eine Professur für Existentialismus annehmen.

Nachdem ich das losgeworden bin, will ich nicht verschweigen, daß ich nach vielen glücklichen Jahren des Zusammenlebens mit dem Management und ihren gelegentlich ein wenig suspekten Freunden zu gewissen Schlußfolgerungen über die Bestie auf zwei Beinen gelangt bin. Die eine oder andere Erkenntnis ist wie eine Erleuchtung über mich gekommen, was freilich voraussetzt, daß man aufmerksam beobachtet, den Mund geschlossen und die Augen offen hält. Augenblicke jäher Einsicht graben sich dann in die Erinnerung ein und tragen dort zur Bereicherung des ohnehin schon angesammelten Wissens bei. Nehmen Sie zum Beispiel nur den Tag, an dem ich gelernt habe, daß menschliche

Kleinkinder sakrosankt sind – unantastbar geschützt im Elfenbeinturm elterlicher Verehrung.

Die Ereignisse nahmen in einer Periode latenter Gefährdung der gesellschaftlichen Beziehungen ihren Lauf, nach dem Essen nämlich, wenn die Tischrunde zu jener beschwingten Leichtfertigkeit neigt, in der dem und jenem schon mal eine indiskrete Bemerkung oder gar – *in vino veritas* – die Wahrheit über die Lippen kommt. Dem, der seine Zunge nicht im Zaum halten konnte, tut das natürlich am nächsten Tag leid, so daß er reumütig zum Telefon greift, aber dann ist es oft zu spät. Was für ein Glück.

Am fraglichen Abend genossen wir das Privileg, das leibhaftige Sinnbild einer Mutter unter uns zu haben – eine Erzmutter sozusagen. Sie hatte drei kleine Kinder, und damit das ja niemand vergaß, ließ sie schon bei den Cocktails Fotos kreisen, untermalt von faszinierenden Geschichten darüber, was die lieben Kleinen, noch im Lätzchen und mit der Rassel in der Hand, schon alles zuwege brachten. Das war indessen nur der Auftakt, danach folgte, ebenso fein wie unnötig detailliert, die aktuelle Berichterstattung – über die Zahl der Zähne und die Experimente, die die Hemdenmatzen zur Erprobung ihrer Körperfunktionen anstellten. Ich fand das so unerträglich, daß ich versuchte, die Nahrungsaufnahme ein wenig zu verschieben, aber sie plapperte rücksichtslos weiter drauflos, während die anderen Gäste sich redlich Mühe gaben, trotzdem ihren Lammbraten herunterzuwürgen. Und als ihr schließlich nichts mehr einfiel, was sie erzählen konnte, stellte sie die ungehörige These auf, daß manche Leute sich als Ersatz für Kinder eben Hunde hielten. Unangebracht, äußerst unhöflich und

216

Er stellte die Ohren auf und biß zurück

nicht mal sonderlich originell, so daß ich annahm, die
Bemerkung werde wohl mit der Mißachtung gestraft,
die ihr gebührte.

Da hatte ich freilich die Wirkung ihres vorangegangenen Monologs auf die andere Hälfte falsch eingeschätzt.
Ich hätte vielleicht schon bei früherer Gelegenheit erwähnen sollen, daß es normalerweise mindestens eines
Erdbebens bedarf, um ihn aus seinen wohligen Träu-
mereien nach dem Essen hochschrecken zu lassen. Aber
irgendwie war das ein Reizthema für ihn, zweifellos hatte er die ermüdenden Lobpreisungen der Fruchtbarkeit
satt. Er stellte die Ohren auf und biß zurück. Und seine
Gegenargumente und wie er sie aufbaute – das war nicht
von schlechten Eltern. Viele junge Paare, sagte er, müßten in diesen Zeiten zunehmender Übervölkerung in
kleinen Apartments wohnen, in denen Hunde nicht erlaubt seien. Aus lauter verzweifelter Sehnsucht nach Geselligkeit kauften sie dann einen Wellensittich oder
schafften sich ein Baby an, je nachdem, wieviel Platz sie

217

für den Käfig erübrigen könnten. So gesehen könne man genausogut die Gegenthese aufstellen, daß manche Leute sich als Ersatz für Hunde Kinder hielten. »Darf's noch ein Drink sein?«

Die andere Hälfte hatte sich schon des öfteren durch frivole Spitzen gegen heilige Kühe Ärger eingebrockt, aber eine so dramatische Reaktion habe ich selten erlebt. Vor Erregung vibrierend wie ein auf dem Herd köchelnder Pudding, fixierte die Erzmutter ihn mit zornigen, beinahe funkensprühenden Blicken. »Das ist ungeheuerlich«, sagte sie. »Willst du meinen kleinen Tommy etwa im Ernst mit einem Wellensittich vergleichen?«

Eisiges Schweigen lag über der Tischrunde, während alle darauf warteten, daß der anderen Hälfte irgendwas einfiel, wie er sich aus der Affäre ziehen konnte. Aber ihn ritt an diesem Abend der Teufel, er war nicht in der Stimmung, klein beizugeben. »Warum nicht?« fragte er. »Beide sind klein. Beide machen eine Menge Krach. Beide kleckern mit dem Essen herum. Und beide haben Schwierigkeiten damit, ihren Stuhlgang zu kontrollieren.« Was natürlich alles richtig war, aber nicht gerade das, was eine Mutter hören will.

Und es genügte, um der Geselligkeit des Abends einen jähen Abbruch zu bereiten. Die verletzte Partei warf statt des Handtuchs die Serviette, grapschte nach dem Familienalbum, zerrte ihren Angetrauten mit sich hinaus in die Nacht, beklagte sich bitter über die Beleidigung aller Mütter dieser Welt und schwor, nie wieder auch nur ein Wort mit diesem abscheulichen Mann zu reden. »Welch ein Segen«, ließ die andere Hälfte sich murmelnd vernehmen und wurde daraufhin prompt zu irgendwelchen Strafarbeiten in die Küche verbannt. Ich

218

blieb mit dem Kopf schön in Deckung. Natürlich hatte ich jede Minute des Auftritts genossen, aber es bringt nichts, wenn man sich sein diebisches Vergnügen anmerken läßt.

Nachdem das Licht gelöscht war, lag ich in meinem Korb und reflektierte die Ereignisse des Abends, und dabei kamen mir andere Gelegenheiten in den Sinn, bei denen eine unangebrachte Meinungsäußerung oder ein paar im Scherz dahergesagte Worte zu heller Aufregung, dumpfer Verzweiflung oder gar zum sofortigen Abbruch der diplomatischen Beziehungen von Haus zu Haus führen können. Es gibt, wenn man mal darüber nachdenkt, viele Themen, bei denen die Leute keinen Spaß verstehen, angefangen von der Politik – die meinem Eindruck nach vom einen oder anderen tatsächlich noch ernst genommen wird – bis hin zur Rolle des Kondoms in der modernen Gesellschaft. Ich habe zu beiden Themen hitzige Diskussionen mit angehört und erlebt, wie Leute, die sich normalerweise beherrscht und vernünftig geben, sich auf einmal bei irgendeiner belanglosen Meinungsverschiedenheit wie Frettchen im Sack aufführten. Jeder will gewinnen, und wenn ihm das nicht gelingt, sieht er rot. Niemand ist einem eben so fremd wie die engsten Freunde.

Dies alles ging mir durch den Sinn, als ich ein paar Tage damit verbrachte, meine auf den vorangegangenen Seiten gesammelten Einsichten noch einmal einer kritischen Prüfung zu unterziehen, weil ich sichergehen wollte, daß sie auch wirklich alles enthalten, was für die Nachwelt – oder andere, die es angehen könnte – von Interesse ist. Dabei habe ich zu meiner Überraschung den Eindruck gewonnen, daß ich womöglich meine eigene Spezies ein wenig vernachlässigt habe. Welchen Nutz und Frommen, frage ich mich, ziehen denn aus meinen Aufzeichnungen die jungen und unerfahrenen Hunde, die sich mit den Gepflogenheiten der Menschen noch nicht so auskennen und hinausgestoßen werden in eine fremde Welt, in der sich der Mensch seelischer und körperlicher Notdurft stets hinter geschlossenen Türen hingibt und jeden Hund, der sich ihm vertrauensvoll nähern will, mit Tritten traktiert? Mit Hilfe der Logik lassen sich darauf keine Antworten finden, nur die Erfahrung bringt's. Und so gebe ich nun die entsprechenden Tips fürs Leben. Mag sein, daß es willkürlich zusammengestellte *pensées* sind, aber dafür sind sie nicht schlecht. Ich bin gespannt, was Sie davon halten.

Ratschläge an den jungen Hund

1. Hüte dich vor Weihnachten. Das ist traditionell die Zeit, in der Menschen einander als Geschenk süße kleine Welpen ins traute Heim schleppen. Falls sie die Diät der ersten Stunden – bestehend aus Truthahn, Minzplätzchen, schnapsgefüllten Pralinen, Geschenkpapier, Lametta und sonstigem Baumschmuck – überstehen, werden sie, wie das bei Welpen eben so ist, allmählich größer. Dies ruft aus unerfindlichen Gründen Erstaunen und Bestürzung hervor, und zwar gerade bei den älteren Familienmitgliedern, obwohl die es ja besser gewußt haben müßten. Offensichtlich haben sie's aber

nicht gewußt, und im Frühjahr fangen sie an, sich nach jemandem umzusehen, der bereit ist, den zur Last gewordenen Hund zu übernehmen. Heiligabend-Welpen sollten keine langfristigen Pläne machen. Traurig, aber wahr.

2. Unterlaß von vornherein den Versuch, den Reiz des Fernsehens zu ergründen. Ich halte mir was darauf zugute, über eine umfassende Bildung zu verfügen, mich ohne Hemmungen inmitten sozial unterschiedlich schattierter Gruppierungen zu bewegen, sehr aufgeschlossen zu sein für alles, was die Menschen interessiert, mag es auch noch so bizarr erscheinen, und so weiter. Aber wenn's ums Fernsehen geht, stehe ich vor einem Rätsel. Ein Kasten voll kleiner, überaus geräuschvoller Leute, der unerträgliche Geruch von erhitztem Plastik, das Zimmer in dunkles Schummerlicht getaucht, jegliche Konversation untersagt, und im Hintergrund schwache Schnarchgeräusche – ist so was etwa kurzweilig? Ich kann mir einfach keinen Reim darauf machen. Hast du mal Kaninchen gesehen, die wie hypnotisiert in den Lichtstrahl einer Taschenlampe starren? Das ist Fernsehen, wenn du mich fragst. Da nehme ich doch eher, um was Dramatisches und Unterhaltsames zu erleben, Tag für Tag mit Ameisen vorlieb.

3. Es könnte sein, daß du eines Nachts durch die verstohlene Ankunft gewisser Gentlemen gestört wirst, die durchs Fenster einsteigen und stumm auf Zehenspitzen durchs Haus schleichen. Das sind Einbrecher. Bell sie bloß nicht an. Sie haben keinen Respekt vor den Rechten vierbeiniger Lebewesen und können gewalttätig werden. Die Absicht, Laut zu geben, solltest du verschieben, bis sie das Haus verlassen haben und in Sicherheit sind.

Wenn du Glück hast, haben sie den Fernseher mitgenommen.

4. Die Etikette des Badens hat mich etliche Monate lang irritiert, aber es scheinen da folgende Regeln zu gelten: Menschen können es ertragen, tagtäglich bis zum Hals in Wasser einzutauchen, sie halten das sogar für tugendhaft und vergnüglich. Sie singen dabei, treiben neckische Spielchen mit der Seife, und zu guter Letzt tauchen sie rosarot eingefärbt und sehr zufrieden mit sich wieder auf. Dieser Anblick könnte den unerfahrenen Hund – im gutgemeinten Bestreben, seine Herrschaft zu erfreuen – dazu verleiten, dem Beispiel der Menschen nachzueifern und sich in einem erfrischend kühlen Tümpel zu wälzen. Das wird nicht akzeptiert. Und ebensowenig, sich im Wohnzimmer trockenzuschütteln oder das Kopfhaar durch eifriges Rubbeln am Teppich zu säubern. Wie meistens im Leben gilt hier zweierlei Maß, und unter diesem Aspekt kommen Vierbeiner mit schmutzigen Pfoten in der Regel schlechter weg.

5. Lerne, zwischen natürlichen Freunden und Feinden zu unterscheiden. Ich hege stets warme Gefühle für Leute, die sich der Gartenarbeit widmen (weil uns das gemeinsame Interesse verbindet, im Boden zu wühlen), für Menschen, die sich bei der Nahrungsaufnahme ungeschickt anstellen, für jene, die einen durch irgendeine Form der Bestechung zu gutartigem Verhalten bewegen wollen, und zu Gebißträgern, die Kekse ein wenig schwierig finden. Mit Vorsicht sind dagegen alle zu genießen, die weißgekleidet herumlaufen, Leute, die sich herablassend nach deinem Stammbaum erkundigen, griesgrämige alte Männer mit Stöcken und Vegetarier (außer bei gemeinsamen Mahlzeiten, wenn Fleisch auf

dem Tisch steht, das sie diskret beiseite räumen wollen). Unbedingt sollte man einen Bogen um Frauen machen, die Fotos von ihren Katzen mit sich herumschleppen, bei denen ist Hopfen und Malz verloren.

6. Mach dich beizeiten vertraut mit den Spielregeln des selektiven Gehorsams. Unter normalen Umständen kannst du tun und lassen, was du willst. Durch die angeborene Trägheit des Menschen und seinen begrenzten Wahrnehmungshorizont bist du weitgehend vor allzu harschen Disziplinierungsversuchen geschützt. Aber es gibt kritische Augenblicke, in denen es sich auszahlt, sofort auf einen Zuruf zu reagieren. Die Warnzeichen sind untrüglich. Stimmen werden erhoben, eine gewisse Hysterie bahnt sich an, und Drohungen werden ausgestoßen. Falls du diese in Großbuchstaben hörst – ungefähr in der Art von: »BOY! VERDAMMT NOCH MAL!« –, so kehre schleunigst zum Ausgangspunkt deiner Exkursion zurück und tu so, als hättest du beim ersten Mal nichts gehört. Wedle freundlich mit dem Schwanz, und alles ist in Butter.

7. Bring keine Freunde vom anderen Geschlecht mit nach Hause. Das löst nur taktlose Vermutungen hinsichtlich deiner Absichten aus und kann eine Zeitlang zu Hausarrest führen. Romanzen sollten sich meiner Erfahrung nach am besten auf neutralem Boden vollziehen, und zwar dergestalt, daß du auf nichts festgenagelt werden und dich nötigenfalls hinter dem heutzutage gängigen Verfahren des sogenannten »entschieden Inabredestellens« verschanzen kannst. Folge einfach dem Beispiel der aus Presse, Funk und Fernsehen bekannten Persönlichkeiten und gib, bevor sie dich nicht wirklich am Wickel haben, nichts zu.

Es irrt der Mensch, der Hund vergibt

8. Beiße nie Tierärzte, auch dann nicht, wenn sie dich von hinten mit einem Fieberthermometer attackieren. Sie meinen es gut.

9. Und schließlich: Bedenke, daß wir in einer unvollkommenen Welt leben. Menschen machen Fehler. Cocktailparties, hellfarbig bezogene Polstermöbel, Haartransplantate, Silvesterfeiern, Wurmtabletten, vibrierendes orangefarbenes Plastik, diamantenbesetzte Hundehalsbänder, Jogging, Striegeln, Telefonsex, Enthaarungscremes auf Wachsbasis für die Beine – die Liste ist lang, das Leben ist kurz. Mein Rat lautet, das Beste daraus zu machen und im übrigen Nachsicht zu üben. Es irrt der Mensch, der Hund vergibt.

...jemand Lust, mit spazierenzugehen?